“一带一路”沿线国家经典诗歌文库

（第一辑）

主编　赵振江

副主编　蒋朗朗　宁琦　张陵　黄怒波

印度现代诗选

王　靖　李亚兰　编译

作家出版社

译者王靖

王靖

一九八二年出生，河南郑州人，现任北京大学外国语学院南亚学系助理教授。

二〇一六年获北京大学印度语言文学专业博士学位。先后多次前往印度中央印地语学院、印度德里大学、尼赫鲁大学、贝拿勒斯印度大学、泰戈尔国际大学及韩国外国语大学进修、访学。

精通印地语，英语。主要研究领域为印度语言文化、印度近现代文学、印度宗教文学。先后发表《从爱欲到离欲：论印度〈苏尔诗海〉艳情诗中的宗教哲思》《论〈苏尔诗海〉黑天名号的汉译》《论印度黑天信仰的起源与嬗变》《人神之间：论印度教中黑天形象的起源与嬗变》《印度知识女性的代言人——论曼奴·彭达莉的女性主义小说》《曼奴·彭达莉小说〈班迪〉的女性叙事策略》等学术论文十数篇，主持教育部人文社科项目“印度‘早期现代’黑天文学研究”，参与国家社科基金项目及教育部人文社科重点研究基地重大项目十余项，出版译著《苏尔诗海》三卷本（第二译者）、教材《标准印地语（第四册）》（副主编）等。

先后获印度政府“谭云山奖”、北京大学“黄廷方/信合青年杰出学者奖”、“教学优秀奖”等表彰。目前正从事国务院重大文化交流项目“中印经典和当代作品互译出版项目”之“曼奴·彭达莉小说选”的翻译与研究工作。

译者李亚兰

李亚兰

一九八一年生，湖北黄冈人，现任北京外国语大学亚洲学院印地语专业讲师。

二〇一八年获北京大学外国语学院南亚系博士学位。先后多次前往印度圣雄甘地国际印地语大学、印度泰戈尔大学进修、访学。

精通印地语，英语。主要研究领域为印度近现代文学、南亚文化、中国与南亚文化交流。先后发表《印地语女性文学的先声：默哈德维·沃尔马的女性书写》《印度文学传统语境下的神秘主义创作》《印度近现代诗歌文学在中国的翻译与研究》《达耶难陀的印度宗教社会改革实践、模式与影响》等学术论文十余篇，主持国家社科基金特别委托项目“中国文化海外传播动态数据库”印度子项目、教育部区域国别研究备案中心“印度的语言政策”项目，参与国家社科基金、教育部哲学社会科学重大课题多项项目。出版《人与神的狂欢：印度文化的面貌和精神》（合著）、《中国文化在南亚》（合著）、《标准印地语（第二册）》（副主编）、《印地语讲中国文化》（编著）等著作。

先后获北京外国语大学“陈梅洁教学奖”“园丁奖”“优秀教学奖”以及二〇一七年北京市教学成果一等奖（团体）及国家级教学成果二等奖（团体）等表彰。目前正从事国务院重大文化交流项目“中印经典和当代作品互译出版项目”之“默哈德维·沃尔马诗歌”的翻译与研究工作。

目　录

总　序

二〇一三年秋，习近平主席先后提出建设“丝绸之路经济带”和“二十一世纪海上丝绸之路”（简称“一带一路”）的倡议。“一带一路”一经提出，便在国外引起强烈反响，受到沿线绝大多数国家的热烈欢迎。如今，它已经成了我们在政治、经济和文化生活中最具活力的词语。“一带一路”早已不是单纯的地理和经贸概念，而是沿线各国人民继往开来、求同存异、构建人类命运共同体的幸福路、光明路。正如一首题为《路的呼唤》[1]的歌中所唱的：

……
有一条路在呼唤
带着心穿越万水千山
千丝万缕一脉相传
就注定了你我相见的今天
这一条路在呼唤
每颗心都是远洋的船
梦早已把船舱装满
爱是我们共同的家园
……

习主席关于构建人类“政治互信、经济融合、文化包容的利益共同体、命运共同体和责任共同体”的主张是人心所向，众望所归。联合国将“构

1 《路的呼唤》：中央电视台特别节目《一带一路》主题曲，梁芒作词，孟文豪谱曲，韩磊演唱。

建人类命运共同体”写入大会决议，来自一百三十多个国家的约一千五百名贵宾出席二〇一七年五月十四日在北京举行的“一带一路”国际合作高峰论坛，就是最有力的证明。

在国与国之间，政治互信、经济融合、文化包容的基础在民心，而民心相通的前提是相互了解和信任。正是出于这样的理念，我们决定编选、翻译和出版这套“‘一带一路’沿线国家经典诗歌文库”，因为诗歌是“言志”和“抒情”最直接、最生动、最具活力的文学形式，诗歌最能反映大众心理、时代气息和社会风貌。“‘一带一路’沿线国家经典诗歌文库”是加强沿线各国人民之间相互了解和信任的桥梁。

“‘一带一路’沿线国家经典诗歌文库”的创意最初是由作家出版社前总编辑张陵和中国诗歌学会会长骆英在北京大学诗歌研究院院会提出的。他们的创意立即得到了谢冕院长和该院研究员们的一致赞同。但令人遗憾的是，在本校的研究员中只有在下一人是外语系（西班牙语）出身，因此，他们就不约而同地把这套书的主编安在了我的头上。殊不知在传统的“一带一路”沿线国家中，没有一个是讲西班牙语的。可人家说：“一带一路”是开放的，当年“海上丝绸之路”到了菲律宾，大帆船贸易不就是通过马尼拉到了墨西哥吗？再说，巴西、智利、阿根廷三国的总统不是都来参加“一带一路”国际合作高峰论坛了吗？怎么能说“一带一路”和西班牙语国家没关系呢？我无言以对。

古丝绸之路是指张骞（前一六四年至前一一四年）出使西域时开辟的东起长安，经中亚、西亚诸国，西到罗马的通商之路。二〇一三年九月七日，习近平主席在哈萨克斯坦纳扎尔巴耶夫大学演讲时，提出共建“丝绸之路经济带”的主张，赋予了这条通衢古道以全新的含义，使欧亚各国的经济联系更加紧密、相互合作更加深入、发展空间更加广阔，从而造福沿途各国人民。至于古老的“海上丝绸之路”，自秦汉时期开通以来，一直是沟通东西方经济和文化交流的重要渠道，尤其是东南亚地区，自古就是“海上丝绸之路”的重要枢纽。习主席建设“二十一世纪海上丝绸之路”的构想使其在新的历史起点上，有了更加重要而又深远的意义。

“一带一路”沿线国家主要包括西亚十八国（伊朗、伊拉克、格鲁吉亚、亚美尼亚、阿塞拜疆、土耳其、叙利亚、约旦、以色列、巴勒斯坦、沙特阿拉伯、巴林、卡塔尔、也门、阿曼、阿拉伯联合酋长国、科威特、黎巴嫩），中亚五国（哈萨克斯坦、土库曼斯坦、吉尔吉斯斯坦、乌兹别克斯

坦、塔吉克斯坦），南亚八国（尼泊尔、不丹、印度、巴基斯坦、孟加拉国、斯里兰卡、马尔代夫、阿富汗），东南亚十一国（印度尼西亚、马来西亚、菲律宾、新加坡、泰国、文莱、越南、老挝、缅甸、柬埔寨、东帝汶），中东欧十六国（阿尔巴尼亚、波斯尼亚和黑塞哥维那、保加利亚、克罗地亚、捷克、爱沙尼亚、匈牙利、拉脱维亚、立陶宛、马其顿、黑山、罗马尼亚、波兰、塞尔维亚、斯洛伐克、斯洛文尼亚）。独联体四国（俄罗斯、白俄罗斯、乌克兰、摩尔多瓦），再加上蒙古和埃及等。

从上述名单中不难看出，“一带一路”沿线国家多为文明古国，在历史上创造了形态不同、风格各异的灿烂文化，是人类文明宝库重要的组成部分。诗歌是文学的桂冠，是文学之魂。文明古国大都有其丰厚的诗歌资源，尤其是经典诗歌，凝聚着国家和民族的精神和理想。各国之间的文化交流与经贸往来，既相互交融又相互促进，可以深化区域合作，实现共同发展，使优秀文化共享成为相关国家互利共赢的有力支撑，从而为实现习主席构建人类命运共同体的伟大目标打下坚实的文化基础。

“一带一路”沿线国家多是发展中国家。长期以来，我们一直比较重视对欧美发达国家诗歌的译介，在“经济一体、文化多元”的今天，正好利用这难得的契机，将这些“被边缘化”国家的传统文化和民族精神纳入“一带一路”的建设，充分发掘它们深厚的文化底蕴，让它们的古老文明在当代世界发挥积极作用，使“文库”成为具有亲和力和感召力的文化桥梁。

“一带一路”沿线国家又多是中小国家。它们的语言多是非通用的“小语种”，我国在这方面的人才储备相对稀缺，学科建设相对薄弱；长期以来，对这些国家的文学作品缺乏系统性的译介和研究。从这个意义上说，“文库”的出版具有填补空白的性质，不仅能使我们了解这些国家的诗歌，也使相关的学科建设和学术研究有了新的生长点。

“‘一带一路’沿线国家经典诗歌文库”的现实意义和深远影响已经很清楚了，但同样清楚的是其编选和翻译的难度。其难点有三：一是规模庞大，每个国家一卷，也要六十多卷，有的国家，如俄罗斯、印度，还不止一卷；二是情况不明，对其中某些国家的诗歌不是一无所知也是知之甚少，国内几乎从未译介过，如尼泊尔、文莱、斯里兰卡等国；三是语言繁多，有些只能借助英语或其他通用语言。然而困难再多，编委会也不能降低标准：一是尽可能从原文直接翻译，二是力争完整地呈现一个国家或地区整体的诗歌面貌。

总之，“文库”的规模是宏大的，任务是艰巨的，标准是严格的。如何

完成？有信心吗？答案是肯定的。信心从何而来呢？我们有译者队伍和编辑力量做保证。

“‘一带一路’沿线国家经典诗歌文库”的编译出版由北京大学外国语学院和作家出版社联袂承担，可谓珠联璧合，阵容强大。

北京大学外国语学院是国内外国语言文学界人才荟萃之地，文学翻译和研究的传统源远流长。北大外院的前身可以追溯到京师同文馆（一八六二年）和京师大学堂（一八九八年）。一九一九年北京大学废门改系，在十三个系中，外国文学系有三个，即英国文学系、法国文学系、德国文学系。一九二〇年，俄国文学系成立。一九二四年，北京大学又设东方文学系（其实只有日文专业）。新中国成立后，东语系发展迅速，教师和学生人数都有大幅度增长。一九四九年六月，南京东方语言专科学校和中央大学边政学系的教师并入东语系。到一九五二年京津高校院系调整前，东语系已有十二个招生语种、五十名教师、大约五百名在校学生，成为北大最大的系。

一九五二年院系调整时，重新组建西方语言文学系、俄罗斯语言文学系和东方语言文学系。其中西方语言文学系包括英、德、法三个语种，共有教师九十五人，分别来自北大、清华、燕大、辅仁、师大等高校（一九六〇年又增设西班牙语专业）；俄罗斯语言文学系共有教师二十二人，分别来自北大、清华、燕大等高校；东方语言文学系则将原有的西藏语、维吾尔语、西南少数民族语文调整到中央民族学院，保留蒙古、朝鲜、日、越南、暹罗、印尼、缅甸、印地、阿拉伯等语言，共有教师四十二人。

北京大学外国语学院于一九九九年六月由英语系、西语系、俄语系和东语系组建而成，下设十五个系所，包括英语、俄语、法语、德语、西班牙语、葡萄牙语、日语、阿拉伯语、蒙古语、朝鲜语、越南语、泰国语、缅甸语、印尼语、菲律宾语、印地语、梵巴语、乌尔都语、波斯语、希伯来语等二十个招生语种。除招生语种外，学院还拥有近四十种用于教学和研究的语言资源，如意大利语、马来语、孟加拉语、土耳其语、豪萨语、斯瓦希里语、伊博语、阿姆哈拉语、乌克兰语、亚美尼亚语、格鲁吉亚语、阿塞拜疆语等现代语言，拉丁语、阿卡德语、阿拉米语、古冰岛语、古叙利亚语、圣经希伯来语、中古波斯语（巴列维语）、苏美尔语、赫梯语、吐火罗语、于阗语、古俄语等古代语言，藏语、蒙语、满语等少数民族及跨境语言。学院设有一个一级学科博士点、十个二级学科博士点和一个博士后流动站，为北京市唯一外国语言文学重点一级学科。学院师资力量雄厚：全院共有教师

二百一十二名，其中教授六十名、副教授八十九名、助理教授十六名、讲师四十七名，拥有博士学位的教师一百六十三人，占教师总数的百分之七十七。

从以上的介绍不难看出，北京大学外国语学院的语言教学和科研涵盖了“一带一路”的大部分国家，拥有一批卓有成就的资深翻译家和崭露头角的青年才俊，能胜任“文库”的大部分翻译工作。至于一些北大没有的“小语种”国家，如某些中东欧国家，我们邀请了高兴（罗马尼亚语）、陈九瑛（保加利亚语）、林洪亮（波兰语）、冯植生（匈牙利语）、郑恩波（阿尔巴尼亚语）等多名社科院外文所和兄弟院校的专家承担了相应的翻译工作，在此谨对他们表示诚挚的敬意和衷心的感谢。

有好的翻译，还要有好的编辑。承担“‘一带一路’沿线国家经典诗歌文库”编辑出版任务的作家出版社是国家级大型文学出版社，建社六十多年来出版了大量高品质的文学作品，积累了宝贵的资源和丰富的经验。尤其要指出的是，社领导对“文库”高度重视，总编辑黄宾堂、前总编辑张陵、资深编审张懿翎自始至终亲自参与了所有关于“文库”的工作会议，和北大诗歌研究院、北大外国语学院的领导一起，精心策划，全力以赴，保证了“文库”顺利面世。

最后还要说明的是，“‘一带一路’沿线国家经典诗歌文库”得到了北大校领导的大力支持。“文库”第一批图书的出版恰逢北京大学建校一百二十周年（一八九八年至二〇一八年），编委会提出将这套图书作为对校庆的献礼。校领导欣然接受了编委会的建议，并在各方面给予了大力支持，校党委宣传部部长蒋朗朗同志从始至终参与了“文库”的策划和领导工作。至于北京大学外国语学院的领导更是责无旁贷地承担了全部翻译工作的设计、组织和落实。没有他们无私忘我、认真负责的担当，完成这样艰巨的任务是不可能的。

“‘一带一路’沿线国家经典诗歌文库”第一批诗作即将出版，这只是第一步，更艰巨的工作还在后头；更何况随着时间的推移，“一带一路”的外延会进一步扩展，“文库”的工作量和难度也会越来越大。但无论如何，有了这样的积累，我们完全有理由相信，“‘一带一路’沿线国家经典诗歌文库”会越来越好。为了实现这样的目标，我们期待着领导、业内同仁和广大读者的批评指教。

赵振江

二〇一七年秋

于北京大学蓝旗营寓所

前　言[1]

诗歌是人类社会的镜像，与人类生活密切相关。它既是生活的映射，又是对生活的阐释。诗歌审视着生活，并给予生活以指引。同时诗歌也仿效着生活，人类社会生活的变化进程是持续不断的，从诗歌中可以清晰地看到这种随着人类社会的不断变化而变化的步调。印度诗歌是印度社会发展和人民生活的真实写照，而印度诗歌的发展和变化也受到不同历史时期印度社会思潮和时代环境的影响。

众所周知，印度是一个多语言国家，她的诗歌丰富多彩、姿态万千。但就作为民族国家的现代印度而言，其历史进程和社会变迁的缩影则主要体现在印地语诗歌之中。印地语作为现代印度的国语，是现代印度社会文学和文化的主要载体。本书主要选取了能够充分体现现代印度社会变迁和各个历史时代特征的印地语诗人及其代表诗作，希望能以文学史的视角来呈现现代印度诗歌的发展和变迁，以飨读者。

现代印度诗歌的出现和发展与印度民族觉醒和争取民族独立的进程紧密相连。从这个意义上我们可以说，现代印度诗歌起源于民族主义和爱国主义。早期的现代诗歌属于十九世纪印度启蒙运动和民族觉醒时期的产物，仍然受到旧体诗的影响，艺术风格不够突出，没有形成任何倾向或思潮。这一时期的诗歌处于新旧两种潮流的交替当中，新的诗歌潮流尚不强大，却有着极为旺盛的生命力，代表了诗歌未来的发展方向。在进入二十世纪以后，印度的诗坛上出现了几股新潮流，这些潮流一方面主要受新时期活跃在印度社会上不同思想主张的影响，另一方面也受古老印度宗教哲

1　本文写作过程中参考了印度中央印地语学院拉姆维尔·辛格教授主编的《印度现代诗集》、北京大学刘安武教授编写的《印度印地语文学史》及中国社会科学院薛克翘教授等人编写的《印度近现代文学》两卷本等研究著作，谨致谢忱。

学在新的历史时期所焕发出的新的文化思潮的影响。按照印度文学史的分期，现代印度印地语诗歌主要分为六个时期：帕勒登杜时期、德维威蒂时期、阴影主义时期、进步主义时期、实验主义时期和“新诗”时期。其中，帕勒登杜时期标志着现代印地语诗歌的开端，诗歌作品开始以宣扬民族主义和爱国思想为主旨，德维威蒂时期的诗歌创作继续突出民族主义和爱国主义的思想，阴影主义时期诗歌创作主要表现为具有印度特色的浪漫主义，阴影主义之后的三个时期的诗歌创作则以现实主义为主。

帕勒登杜时期

印度文学史把十九世纪下半叶至二十世纪初期（一八五〇年至一九〇〇年前后）称为“帕勒登杜时期”，印地语文学由此开启了印度民族主义的先河。

帕勒登杜·赫利谢金德尔对印度文学语言、形式和内容的改造使得印度现代文学出现了革命性的变化。在语言上，他将日常口语词汇引进文学作品，代替旧派诗歌中所用的中古时期文学语言，使得诗歌语言更加通俗易懂，更加适应平民大众的精神需求；在形式上，他摒弃了旧体诗中固有的格律、体式，开始了新诗律乃至自由体诗歌的大胆尝试；在内容上，他逐渐改变了旧体诗陈旧的艳情题材，将现实生活、民族觉醒、社会改革、民族独立等思想主题引入诗中。帕勒登杜被誉为现代印地语文学之父，他在三十五年短暂的生命中为印地语文学领域做出的贡献之多令史学家震惊。

十九世纪下半叶，印度国家的政治形势发生了天翻地覆的变化。莫卧儿帝国灭亡，大英帝国建立统治。自一八五七年印度民族大起义失败后，英国殖民者进一步巩固了殖民统治的根基。英语在印度社会生活领域中的地位提升。借助英语，印度知识分子精英接触到西方的思想文化，受到西方文化和文学的影响，开始重新思考生活的价值。十九世纪下半叶是革新的时代，旧的时代正走向终结，现代化时期渐渐开启。帕勒登杜正是这一时期文学转折的代表。在他的时代，作家们一方面仍然效仿十七、十八世纪印度法式时期（Riti Kal）的文学传统进行诗歌散文创作，用伯勒杰方言（Brajbhasha）创作诗歌的作家自身不能完全脱离法式时期的传统，帕勒登杜本人也创作这样的诗歌；但另一方面，作家们也创作以唤醒印度民众爱国主义情感为目的的诗歌。帕勒登杜根据印度社会当时的形势，将阐

释民族主义和发展印地语视为国家发展进步的阶梯，致力于推广国语印地语。他想通过对印度社会苦难和人民生活惨状以及殖民地困境的描绘，燃起印度民族运动的星星之火。

帕勒登杜时期印度诗歌的特征有两个：第一是守旧和创新并行不悖；第二是文学杂志成为文学创新和宣传民族运动及爱国思想的主要阵地。与西方的接触使得印度文学家的思想发生变化，开始接纳新的文学形式和题材。帕勒登杜是十九世纪后半叶印地语文学的重要支柱，他通过创办一系列文学杂志，成功发展了崭新的印地语文学形式。他以创办的文学杂志为主要阵地，宣扬爱国主义和民族主义思想，为青年作家搭建文学活动的主要平台，鼓舞激励了一批优秀的爱国作家。然而，这一时期的诗歌并没有取得像散文、小说那样的革命性变化。传统的伯勒杰方言诗在诗歌领域仍然独占鳌头。以帕勒登杜为代表的诗人虽然已经开始尝试用现代标准印地语，即克利方言（Khari Boli /Modern Hindi）创作诗歌，但关于诗歌创作的语言一直存在伯勒杰方言与克利方言之争。苏米德拉南登·本德就此论争写过一篇题为《伯勒杰方言与克利方言》的文章，充分阐明了帕勒登杜时期这一以语言问题为表象的守旧与创新并行不悖的特征。

德维威蒂时期

印地语文学界将二十世纪初的二十年（一九〇〇年至一九二〇年）称为“德维威蒂时期”。默哈维尔·伯勒萨德·德维威蒂是这一时期的文坛领袖。他出生于印度北方邦的农村，青年时代起就积极推行印地语克利方言作为文学语言，对印度现代文学贡献巨大。一九〇三年，德维威蒂成为印度著名文学杂志《文艺女神》的主编，直到一九二〇年。其间，他改变了印地语在文学语言中的模糊地位，修正了作为文学语言的印地语，成功地将印地语语言系统化、规范化，结束了文学语言使用中的混乱情况和无序状态。不仅如此，他还利用《文艺女神》这个文学阵地，培养和提携了整整一代印地语文学爱好者和著名作家。这一时期，几乎所有的作家都开始接受他制定的规范。他确立了印地语作为现代印度文学语言的主导地位。从这个角度看，德维威蒂的贡献具有重要的历史意义。

德维威蒂时期印度诗歌的主要特征有三：一是诗人们摒弃了法式文学时期的骄奢与艳情的思想主题，受到民族觉醒思想的感召，具有强烈的民

族意识，主要创作以民族主义和爱国主义为主题的诗歌；二是这一时期的诗歌多以叙事诗为主，十分重视伦理道德，诗歌创作强调塑造人物形象，并着重塑造那些为了国家的进步、为了推动社会改革和振兴民族文化而奋斗，能够体现民族大义和强烈责任感的新时代人物；三是诗人们主要选取印度历史题材并运用梵语诗歌的格律进行创作，通过歌颂印度古老文明使印度国民产生自信心与自豪感，激发人民的爱国情感，勇担民族复兴和文化复兴的使命。

这一时期比较有影响力的诗人是阿约特亚辛格 · 乌巴特亚耶 · 赫里奥特和迈提里谢伦·古伯德等人。赫里奥特是这个时期最有成就的诗人之一，长篇叙事诗《情人远行》（一九一四年）和《悉多林居》（一九四一年）是他的代表作。《情人远行》取材于印度古老的“往世书”神话中黑天与罗陀的爱情故事，全诗六千余行，分为十七章。赫里奥特在其中刻画了“一个现代公众领袖的黑天形象，他不是在处理朝政，而是在为人民谋福利。而罗陀，也不再是与情郎分离而饱受相思之苦的女子，而成为了为农民服务的女性”[1]。迈提里谢伦·古伯德被称为“民族诗人”，深受印度人民喜爱。他的诗歌多以古代的传说故事为题材，但却不因循守旧，而是跟随印度的诗歌潮流不断向前发展。因此，从他不同时期的作品中能够看到他思想进步的过程。他既写长篇的叙事诗，也写短歌和歌词。他既继承了印度古代文明的传统，也紧扣现实社会的脉搏，写出了许多脍炙人口的篇章。其中，他的长篇叙事诗《萨格德》（一九三二年）和《耶输陀罗》（一九三三年）最为有名。《萨格德》是根据罗摩故事改编的“大诗”[2]，诗人以特殊的视角刻意塑造了一个带有现代气息的独立女性形象——罗什曼那的妻子乌尔米拉。女主人公身上体现了甘地的人道主义思想，也宣扬甘地的坚持真理和非暴力的原则。《耶输陀罗》看似书写的是历史人物，描绘的是佛陀释迦牟尼出家前的妻子耶输陀罗因被丈夫遗弃而内心充满痛苦和哀怨的故事，但实际上歌颂的是新时代女性义无反顾支持丈夫为国家建功立业的高尚品德。

在今天的读者看来，以《情人远行》和《耶输陀罗》为代表的该时期

1 刘安武:《印度印地语文学史》，北京：中国大百科全书出版社，2015 年，第 153 页。

2 “大诗”：印度文学传统术语，指结构复杂、情节曲折的长篇叙事诗。

的长篇叙事诗也许是枯燥乏味、缺乏诗歌美感的普通文学作品，但是结合当时的时代背景，从历史的角度去评价，这些诗是符合时代需要的，它们的重要性和价值是毋庸置疑的。这一时期的民族主义诗人们不只是歌颂古老印度文明的辉煌，也不仅仅局限于其时印度痛苦的境地，而是积极寻求应对之道，积极宣扬爱国主义和推动社会改革及独立运动。这一时期诗人宣扬的民族主义是对“帕勒登杜时期”民族主义的进一步发展和深化，这两个时期以爱国主义和民族主义诗歌拉开了现代印度诗歌的序幕。

阴影主义时期

印度文学史一般将两次世界大战之间，即一九二〇年前后至一九四〇年前后称为“阴影主义时期”。阴影主义时期是现代印度诗歌画卷上浓墨重彩的一笔。

阴影主义时期分为前后两个阶段，这两个阶段的诗歌虽在外部形式上存在少许差异，但其核心价值是一致的。前十年即一九二〇至一九三〇年，被认为是阴影主义的前半期。杰耶辛格尔·伯勒萨德、苏尔耶冈德·德利巴提·尼拉腊和苏米德拉南登·本德是该时期的主要代表诗人。阴影主义前半期的诗人们创造了一些新的词语、格律和曲调，受到了以德维威蒂为代表的一些印度学者和批评家的猛烈抨击。他们认为阴影主义诗人的思想感情模糊，不知所云，喜好用“一些奇怪的笔名来狗尾续貂，诗韵被逗号、句号、问号、感叹号等标点符号破坏，有时一码长，有时两指宽，弯弯曲曲，高高低低，没有停顿，缺少格律，完全就是没有押韵的一行行黑色字体，粗俗而不可理喻，难以长久，不成经典……他们除了愚蠢、堕落、自高自大、自吹自擂之外一无是处”[1]。阴影主义的后半期即一九三〇年至一九四〇年前后，更多的诗人如默哈德维·沃尔马、马克纳拉尔·杰杜尔威蒂、赫利文谢·拉耶·伯金等相继创作了大量的阴影主义诗歌，不断扩大阴影主义诗歌的影响。在这些诗人的共同努力下，新的诗歌风格就此建立，反对的声音自行终止，阴影主义诗人们成为该时期文学的领袖。

在印度古代文化和西方浪漫主义诗歌的双重影响下，印度阴影主义

1　拉姆维尔·辛格：《印度现代诗集》，瓦拉纳西：高等学府出版社，2019年，第16页。

诗歌产生和发展于印度民族觉醒的浪潮之中。值得注意的是，阴影主义诗人的思想感情与西方浪漫主义诗歌中的个人主义有所不同，他们并没有迷失在各种非社会性的唯我主义之中，而是带着深沉而强烈的苦闷，与印度民族新生活的崇高理想发出共鸣。他们的思想已经超越了个人的幸福和痛苦，越过民族、种姓、国家和社会的各种界限，向整体人类的物质和精神领域的未来展望，探索人生无限前途的真理。在诗歌中，他们通过充满抒情性的个人感受，表达崇高的情感和哲学思考，诗人以个人情感映射出印度国家乃至整个人类的希望和理想、幸福和痛苦、满意和失意。阴影主义诗人的个体心灵和个人意识与社会心灵和社会意识完全一致，诗人通过象征性的语言和含蓄的写作手法、风格来表现自身最细微的感受，以此暗示和象征处于束缚中的印度社会的悲哀和哭泣。

迄今为止，印度学界对于阴影主义的定义多元而复杂，论述模糊。它包括浪漫主义、精神主义与神秘主义、美的无形幻境、自然的人格化、对宏大粗俗的反叛、微观细腻的视角与笔触、借用幻境控诉现实等。有学者认为，阴影主义诗歌某种意义上可以被称为逃避主义，诗人们逃离现实世界的真实困苦，在金光灿灿的幻境中自由地驰骋，因此，他们将阴影主义诗歌的这种倾向称为逃避主义，进而认为阴影主义的本质特征就是逃避现实主义。事实真的如此吗？这个问题的答案是复杂的，因为阴影主义的特征是多元的。总的来说，阴影主义诗歌的特征主要体现在对传统的继承和现代性反叛两个方面。

“阴影主义”这个名字与印度古代哲学有着深刻的联系：“我”之中有“梵”的影子，如同人在黄昏的影子一样，因此，阴影主义诗歌的思想感情是模糊的，具有神秘主义倾向，表达了对至高存在的爱。至高存在是看不见的，不可知的。从宗教大同的思想出发，信仰一个未知的至高存在，表达对它的爱，这是阴影主义的一个重要主题。从这个方面讲，阴影主义诗歌在一定程度上继承了印度传统文学中神秘主义之爱的主题和思想。

在现代印度诗歌中，阴影主义这个名字更多具有现代性反叛的意味。进入现代印度诗歌之后，“Chaya”（本义为“影子、阴影”）具有了现代性和象征性，被用以指代“美丽”和“幻觉”，借以象征阴影主义诗人们对美丽和光辉而非对“梵”的向往与期盼。大诗人杰耶辛格尔·伯勒萨德曾说：“当诗歌开始在悲伤的基础上表达自我的感受，而非赞颂大梵时，这种诗歌被称为‘阴影主义’。”由此可见，诗歌层面上的“阴影”一词，在

印度人看来是更依赖个人感受的心理活动，通过讽喻、隐喻等象征性写作手法以及曲折的情节来突出自我感受，表现激情澎湃的幻境美。从这个角度来说，阴影主义作为一个自我表现的新派别，是对印度传统文学和文化的一种反叛，它代表的是一种广泛而崭新的文学意识。本德、伯勒萨德、尼拉腊和默哈德维的诗歌中表现出的神秘主义思想没有宗教和苦修。现代诗歌精神上的虔爱只有强烈的情感表述，它通过某位看不见的或者隐藏的情人表达出来。换句话说，所有虔爱的表达都是在精神追求的背景下对世俗之爱的崇高化处理。他们不涉及宗教苦行的问题，阴影主义诗人细腻敏感的心也因对神秘情人的爱而跳动，世间万物，无论有生命无生命，活动还是静止，其存在都能被感知到。阴影主义时期从开始到结束，都在书写精神主义的爱情诗。

阴影主义产生之时，印度正处于英殖民主义的残酷压迫下，印度社会处在旧宗教和封建统治下，宗教和哲学的本质被遗忘，人们的信仰只在于对宗教神灵的盲目崇拜。在这样一个时期，年轻的诗人除了从阴影主义的文化意识中寻求庇护之外别无他法，这种新的文化意识包含了广泛的人道主义和宗教——世俗主义，或者说不带有教派主义的虔诚之情[1]。阴影主义诗歌中存在一种对精神世界的渴望之情，而所谓至高存在也只是这种意识的一部分。因此，阴影主义意识形态中不包含任何狭隘的宗教理想，阴影主义诗歌中的精神追求、自然风景、虔爱思想和道德观，这些观点接受的是人道主义理想的影响，而不包含宗教的狭隘性或者社会的旧习。阴影主义诗歌或描写精神上的虔诚，或为个人的失败而落泪，或在饮酒中埋葬对生活的担忧，它引以为豪的人道主义是最响亮的声音。它在表达超验的虔爱时没有虔诚诗歌中悲伤的情绪，它在表达世俗的艳情时没有法式时期诗人的肉欲和享乐主义思想。阴影主义诗歌中的女性既不是虔诚诗人眼中不洁的凡人，也不是法式诗歌中艳情的女子。阴影主义秉持自由慈爱的人道主义理想，给予妇女尊重，这在印度文学史上是前所未有的。例如伯勒萨德的阴影主义长诗《迦马耶尼》中的女主人公形象是圣洁而伟大的，展现了女性之于家庭和社会的重要性。

印度现代著名文论家纳根德拉认为，印度阴影主义意识形态同时受

1 虔诚之情，即“虔爱，信爱”，原文为 Bhakti，在印度宗教中指对至高存在的纯粹的爱。

到印度传统哲学以及孟加拉语和英语诗歌的影响。他写道：“阴影主义时期的诗歌一方面受到罗宾德拉和英国诗人的诗歌意识的影响，另一方面受到民主思想中的个人主义影响。这就是为什么它能够快速成功地脱离德维威蒂时代的意识形态将印地语诗歌转向一个完全不同的方向，这一时期的诗歌具有新的审美观，新的爱情观和新的道德观。”[1] 由此，我们可以看到，阴影主义不仅是一场前所未有的诗歌创作运动，而且是一种新的文化意识。这种文化意识在构建时受到当时社会环境的影响，孟加拉语、英语诗歌的刺激也使新派诗人转向了一个全新的方向。

值得一提的是，一九三〇年后，除了受西方浪漫主义诗歌潮流影响而出现的阴影主义之外，印度诗坛上同时出现了另外一种风格的诗歌，即在马克思主义思想的传播和影响下，出现的充满新的生气和战斗气息的“进步主义”诗歌。随着印度独立运动的进一步发展，该时期也出现了如巴勒格利生·谢尔马·纳温等以要求独立为主旨进行诗歌创作的进步主义诗人。二十世纪三十年代的印度诗坛上，“阴影主义”和“进步主义”这两股潮流相伴而行，相互呼应，此间，也仍有不少表现民族主义的诗歌出现，这一时期的民族主义诗歌都兼具爱国主义和神秘主义的色彩。一些阴影主义诗人在抒发情怀的同时也宣扬民族振兴和社会改革的内容，例如苏米德拉南登·本德和苏尔耶冈德·德利巴提·尼拉腊等人。本德在创作阴影主义诗歌的同时，也创作具有进步主义的诗歌。尼拉腊的创作生涯在不同时期受到不同思潮的影响，如民族主义、人道主义、阴影主义、进步主义、实验主义等，因此，其诗歌风格、题材都是随着时代和社会的发展而不断变化的。

进步主义时期

二十世纪三十年代中期至四十年代初（一九三六年至一九四二年），进步主义诗歌渐渐在印度诗坛兴起。该时期正是印度民族独立运动高涨之时，诗歌也开始服务于印度独立运动。这一时期的进步主义诗歌具有明显的思想性和战斗性特征。在印度获得独立之后，进步主义诗歌仍然存在，

---

1 拉姆维尔·辛格:《印度现代诗集》，瓦拉纳西：高等学府出版社，2019年，第20页。

一些进步主义诗人仍然坚持写作进步主义诗歌，只是创作手法稍有改变。所谓进步主义诗歌，从思想层面说是马克思主义与印度民族独立运动相结合的产物；从艺术层面讲，则是革命的现实主义与浪漫主义相结合的产物。进步主义诗人们反对阴影主义，认为阴影主义诗歌与社会利益相悖。他们反对人道主义的、内省的、主观的、想象的、逃避主义的、消极的创作倾向，以帮助印度社会的底层人民和反对经济剥削为主要目标。在接受马克思主义的思想影响后，进步主义诗人们也通过诗歌宣传革命思想。

一九三六年至一九四二年这一时期内，阴影主义和进步主义的诗歌潮流是并存的。这一时期既是阴影主义诗歌的高峰时期，也是以纳加尔琼、阿格尔瓦尔等为代表的进步主义诗人积极创作、奋笔疾书、挥笔呼号的时期。这一时期的进步主义诗人在马克思主义的影响下奉行社会平等，主张要建立新兴和进步的社会。他们认为：当时的印度社会中人与人之间存在着经济上的不平等，有些人无法享受衣食住行上的便利，有些人却住着豪华的宫殿，乘着车出行，过着奢侈且轻松的生活，一人的享乐则建立在成百上千穷人的艰苦劳作之上；广大劳动人民享受不到劳动的果实，而那些剥削者则在财富、生产和分配、社会经济结构中享有特权；这种不公正的制度的结果是社会的阶级分化，出现了靠剥削为生的资产阶级和被剥削的、被压迫的广大劳工阶级。进步主义诗人号召广大劳动人民起来共同反对作为剥削者的资产阶级。

这种平等主义的观点对于处在英殖民帝国的枷锁控制之下的印度人民而言有着极强的吸引力，苏米德拉南登・本德等阴影主义的鼻祖都开始转向马克思主义。尼拉腊、默哈德维等诗人也开始笃定地相信例如社会公正、反对剥削和特权、结束印度的苦难、为穷苦人民呼号的必要性，构建新社会的方案等进步主义思想成为文学表达的主要内容。进步主义为诗人们提供了一个全新的社会视角，相对于个人，它更加强调社会的重要性。同时，它也给出了为个人构建幸福与平安的生活而进行集体努力的建议。印度人民一度成为英殖民帝国的附庸，在忍受政治上的奴役的同时，他们也忍受着社会和经济层面的剥削，进步主义的新视角为他们带来了新的希望之光。

然而，印度的进步主义诗人过于赞美当时的苏联，而忽视了印度的古老传统文化，他们只做到了为劳动人民呐喊疾呼，却无法推动现实印度的社会改革运动。当进步主义思想无法被运用到现实社会改革中，而仅仅只成为一种文字表达时，它的价值就自己消退了。对劳工的同情应该通过实

际的行动来表达，而进步主义并未将其付诸实际，仅仅只是构建起一种文学上的“主义”，它在短时期内夭折是必然的结果。

实验主义时期

印度独立前夕，自一九四二年起，在进步主义诗歌衰落之时，一些诗人开始“试验”不同的创作手法，表达新的思想情感，使用新的技巧形式，有关诗歌创作的不同实验陆续出现。因此，这类诗歌被赋予了“实验主义”的名号。一九四三年，《七星》诗集的出版使得实验主义诗歌站在了印度诗歌海洋的潮头。这部诗集共收录了七位当时比较年轻的先锋诗人的作品，在印度产生了广泛而深远的影响，因此，这七位诗人也被称为“七星诗人”。其中有四位诗人对印度文学的贡献很大，分别是阿格叶耶、穆克迪鲍德、吉尔伽库马尔·马图尔和拉姆维拉斯·夏尔马。从现实主义诗歌创作的层面来说，实验主义诗歌是在进步主义诗歌的基础上生发出来的，例如诗人穆克迪鲍德以其进步主义诗歌闻名于世，在此基础上他开始尝试使用新的方法创作现实主义诗歌，从而创作出了不少实验主义诗歌。在印度文学中，“实验主义”具有特别的意义，是指受西方弗洛伊德主义的影响，将弗洛伊德关于性和欲望的理论视为人生唯一真理，并依此进行诗歌创作的潮流。它也被称为心理现实主义或超现实主义。

实验主义诗歌的特征主要有三：一是基于弗洛伊德的理论，通过象征性描写，创作大量的心理分析诗歌，来描绘人类内心深处潜藏的被压抑的欲望，通过这种方式，人的潜意识涌上心头，内心深处隐秘的情感也浮出水面，深刻展现人类内心深处不为人知的角落和个体的真切感受。二是相比于之前的诗人，实验主义诗人的视角更为宽阔。他们关注美的同时也关注丑陋，关注光明的同时也关注黑暗，关注利益的同时也关注危害。他们的诗不受社会道德和责任的束缚，着力描绘幻想中的裸体、丑恶、残酷、罪孽等，展现了超现实主义诗歌的特点。三是实验主义诗歌同时融入了人道主义、唯美主义和个人主义，在传达印度中产阶级的声音、展现他们的个人感受、描绘他们的生活画面的同时，对下层人民也表示了同情，他们强调诗歌的真实，认为诗歌就是要真实地反映和表现人类自身的存在。

实验主义诗歌的领军人物是阿格叶耶。他先后主编了《七星》的一、二、三、四部诗集以及《象征》等杂志。这些书籍和刊物成为实验主义诗

歌和之后“新诗派”诗人的主要文学阵地。阿格叶耶早期的作品，如《战败的信使》《忧虑》等，受到阴影主义的影响，体现出了神秘泛爱色彩，但在诗歌创作主题和手法上进行了创新和突破。他运用意象的描写和象征的手法，通过大胆的关于性的语言，以及对真实的丑陋的展现，表现出了对阴影主义的反叛。他开始尝试用具有新内涵的意象和象征手法表达人类内心的真切感受和真实状态。从创作《青草地上的瞬间》开始，阿格叶耶完全摆脱了阴影主义的束缚，形成自己独特的艺术风格和创作特色。他的诗歌包含了“对自我和人性的探索、对各种社会问题的认知、对人类和自然之美的热爱、对哲学思想的深刻体悟、对文艺创作的认识、对西方工业文明的反讽和对印度传统价值的珍视和忧虑等”[1]。他的代表作《疯狂的猎人》，通篇运用象征手法，使用大量的意象，展现了对自然、爱和自我的探索。在另一首代表诗作《与蛇说》中，蛇是堕落的城市文明、工业文明的象征，阿格叶耶不无讽刺地写道：

蛇！
你蛮横无情，
就算居住在城市
　　　　　　你也是没教养的害人虫。
我问你——（你能回答吗？）
你怎么学会的噬咬——
　　　　　　又从哪里得来的毒药？

总的说来，实验主义诗歌创作的最突出的特点就是对诗歌创作的不断探索和创新，在主题、表现手法、语言、思想等方面自由创作，突出鲜明的个性才能。实验主义的这种创作倾向，为随后的“新诗派”的形成做出了充分的准备和铺垫。

“新诗”时期

从二十世纪五十年代开始，印度诗歌进入了“新诗”时期。“新诗”

1 薛克翘等：《印度近现代文学》，北京：昆仑出版社，2013年，第1080页。

一词涵盖了独立后印度所有诗歌形式的创新，它不仅指代狭义层面上由新诗派[1]诗人创作的新诗，而且指代广义层面上从二十世纪五十年代开始出现的所有印度新时代的诗歌。这些诗歌“没有一个固定的模式和规则”，虽然具备诗歌的基本规则和要素，但却追求非同寻常、不拘一格的创作方式，追求诗歌创作的多样性和丰富性。“新诗”的出现，顺应了独立后印度社会、时代变迁及各阶层人民的不同需求。

实现了共同的独立目标之后，印度不同阶层的人民开始对现实生活产生了不同的诉求。西方流行的个人主义、自由主义、存在主义、弗洛伊德主义等思潮涌入印度，与此同时，古代印度的宗教、哲学思想依然绵延不息，这些思想和思潮不断交融，并被印度知识分子接纳、吸收。他们希望通过文学的书写来展现和满足不同人民群体的社会生活诉求，探索和表达社会发展和人民生活中出现的问题。这种现象对印度新时期的文学创作产生了很大的影响，印度诗坛相继出现了“新诗派”“非诗”“破除迷惑”及“新进步主义”等诗歌潮流。

“新诗派”形成于二十世纪五十年代，它可算作是实验主义诗人通过不断的试验和探索而孕育出的一枚果实。一九五一年，随着实验主义诗人领袖阿格叶耶第二部《七星》诗集的出版，在第二代的“七星诗人”（Dusara Saptak）中，一些“新诗”诗人开始崭露头角，正式登上印度诗坛。一九五三年，《新叶》杂志出版，一九五四年《新诗》杂志出版，这两份杂志的出版标志着“新诗派”在印度诗坛正式确立了自己的地位。新诗派诗人的诗歌主要表达了独立后印度中小资产阶级的感受。“‘新诗派’诗人注重人的心灵深处，把生命看得格外重要，把人的存在看得格外重要，把生活的信念看得格外重要，把各种人对生活的瞬间感受以及享受生活的欲望看得格外重要。”[2]新诗派诗人强调声音之美，认为词汇之间的“碰撞”会在读者身上起效果，诗歌难以理解的内涵，需要读者通过一遍遍不断诵读来体味。他们在诗歌的词语使用、转义（比喻）和感觉图像构建等创作技巧层面进行了艺术创新。与阴影主义诗歌不同，新诗派诗人极力避免抒写饱满的情绪，而选择有节制地进行抒情表达，追求感觉的真实和表达的精炼。

1　此处指以发起“新诗运动”（Nayi Kavita）而闻名的新诗派。
2　薛克翘等：《印度近现代文学》，北京：昆仑出版社，2013 年，第 1070 页。

进入二十世纪六十年代，诗人们对社会现实进行观察后发现：独立后的印度并没有给民众带来幸福生活，社会依然被政客、资本家和商人投机者们操控把持，下层的百姓依然生活贫苦，受尽剥削和压榨；富人依然富有，穷人仍旧贫穷，比照独立前的印度，独立后的印度在社会状况和社会阶级分层上并没有出现什么显著的变化。因此，诗人们必然出现失望、不满和愤恨的情绪。与此同时，随着一些诗人对描述个体感受和社会真实状况的极致追求，他们开始在诗歌中描绘病态的、放纵的和不同寻常的人类，表达对失败生活的失望、悲伤、斥责等情绪。这些诗人被称作“饥饿的一代”“愤怒的一代”，他们刻意区别于“新诗派”的“新诗”，而给自己的诗歌取了“六〇后诗歌”“非诗”“禁诗”“不被接受的诗”“好战派的诗”“焚尸场一代的诗”等五花八门的名字。一九六五年，随着《非诗》杂志的出版，这些五花八门的名字最后被统一称为“非诗”，在印度诗坛短暂地占据了潮头地位。“非诗”主要表达了诗人们对于印度社会的不满和反叛。他们对独立后印度社会的政治腐败等不公现象充满了愤怒。二十世纪六十年代的印度社会“普遍弥漫着由失望趋于绝望的怨怒，诗人们的目光更加犀利，思维更加敏捷，他们对日常生活的感受和对各种矛盾的分辨更加清晰。这就使‘非诗’有了拓展的空间”[1]。诗人们创作的“非诗”代表的正是二十世纪六十年代充斥在印度社会群众中的迷茫、困惑、失望和愤怒的声音。

与六十年代的“非诗”相比，七十年代的诗歌在思想性上更进一步。该时期诗歌的主题是“破除迷惑”[2]。二十世纪七十年代的印度诗坛上，诗人们不再一味表达迷茫和愤怒，而是更进一步，在表现对政治、经济和社会现实的极度不满以及表达对政客、资本家等剥削者愤怒、憎恶的基础上，对资本主义制度和虚伪的民主进行了抨击，同时真实地描述了底层人民的生活和他们在生活中流露出的真善美。“他们在进行希望破灭后的进一步探索，因而他们矛头指向比以前更为清晰，他们的奋斗目标也比之前更加明确。此时的诗人希望以诗歌为武器，寻找印度社会的出路，用富有

1　薛克翘等:《印度近现代文学》，北京：昆仑出版社，2013年，第604页。

2　破除迷惑，原文为Mohabhanga，原意是破除无知、无明和迷惑，具有宗教哲学的意味。

能量、激情、攻击力的语言与现实社会中的黑暗进行抗争。”[1]印度学者评论七十年代的诗歌“是真实的生活感受……其中有当前时代的斗争、磕磕绊绊、愤怒、挣扎等……其中存在着并非瞬间即逝的反响，而是具有反映时代潮流的意义。表现生活现实的不和谐、生活中的美，平铺直叙而又清晰地反映现实，表现对剥削者的憎恶和愤怒，表现对现实的不接受和冷漠、紧张焦虑，对资本主义制度的进攻，态度鲜明、回击坚决，以及语言的社会化和修饰的新颖等，是它的一些特点”[2]。这一时期的代表诗人有杜米尔等人，杜米尔在思想上宣称自己是左派，他对社会底层人民表达了深刻的同情和赞美，同时对印度虚伪的民主和腐败丑恶的政治交易进行了无情的抨击。

进入二十世纪八九十年代，印度诗坛上开始涌现出一批以左派知识分子为主的诗人，他们创作的诗歌被称为“新进步主义”诗歌（Navapragativad）。他们在思想性上比主张“破除迷惑”的诗人们更加进步。他们以诗歌为武器，誓要进行一场新的战斗，以改变印度社会的腐败、盘剥、断裂与不公。他们的创作视阈更为广阔，对国内外各类事件都予以关注，特别是与共产党相关的事件和活动，例如“越南独立斗争的胜利，毛主义在印度的广泛传播，印度共产党在印度政治中的作用加强，印度进步作家协会的重建，普列姆昌德的周年纪念等，他们不仅予以关注，还积极参加活动”[3]。

他们除了对印度政治、经济体制的腐败和不公予以无情揭露之外，还希望能够在印度社会建立全方位的战线，寻求解决社会公正问题和实现人人平等的方法，建立个体平等的人性尊严和应有的社会权利。他们的诗歌在印度民众中产生了极大影响，将进步主义的价值观重新注入了印度当代诗歌的血液之中。新进步主义的代表诗人有拉杰什・乔希等人。这批诗人大都出生于印度独立前后，对于现代印度社会存在的问题有着独立、深刻和成熟的认知，思想也更为激进。二〇〇二年，拉杰什・乔希的代表作《两行之间》获得了印度文学院奖（Sahitya Akademi Award），他的诗作已被译为英、德、俄等语言出版，他主要关注印度社会存在的顽疾，以敏锐的观察和深刻的思考揭露这些社会现实，例如儿童失学和童工问题等，他

1 薛克翘等:《印度近现代文学》，北京：昆仑出版社，2013年，第605页。
2 同上。
3 薛克翘等:《印度近现代文学》，北京：昆仑出版社，2013年，第606页。

的诗歌振聋发聩，能够引发人们对这些社会问题的深刻反省。

总的来说，广义的新诗是独立后印度时代和社会的反映，它有其自身的发展过程。同时，它也不是孤立的个体，与独立前的“进步主义”和“实验主义”都有着密切的关系。现代印度诗歌不是直线、单向的发展，而是多线程、网状的移动。新的诗歌潮流盛行时，旧有的诗歌未必就边缘化，也并没有消失，而是新继承旧，旧亦吸纳新，在融合中各自发展、并存。因此，虽然各时期的主流不同，但其中潜藏的发展脉络是多头并举、有迹可循的，需要我们用综合、发展的眼光来审视和阅读。

诗歌是人类灵魂意识层面的创作与迸发，是人们用文学的形式描绘出的有关灵魂的感知和思考，是人生与真理的象征。同时，诗歌也是一个国家、一个民族的文化基因的底层密码，是民族性格的反映。希望本诗集能够作为一面镜子，帮我们看到诗歌中映射出的现代印度人民的生活和思想面貌，以及处于变迁中的现代印度社会各个历史时期的不同特征，也希望读者能够从中有所发现，有所收获，有所共鸣。

王　靖

二〇二一年六月三十日于燕园

帕勒登杜·赫利谢金德尔

（一八五〇年至一八八五年）

印度印地语现代文学的开创者，文学家，社会改革家，进步思想家，出生于印度北方邦的贝拿勒斯。他十七岁时创办《赫利谢金德尔杂志》（后改名为《赫利谢金德尔之光》），十九岁时创办文学杂志《诗之甘霖》，二十岁时建立旨在鼓励诗歌创作、培养诗人、研读文学作品和进行文学评论的诗社，通过这些活动，团结了当时的主要作家和诗人。他还成立了旨在宣传宗教、禁酒和提倡国货的协会，创办《妇女知识》杂志，宣传妇女教育。他在进行文学活动的同时，也从事了不少社会公益事业，耗尽了祖产，后期生活清苦，三十五岁就死于肺结核。他的思想较为矛盾和复杂，既受到西方文化的影响而具有民主主义的思想，又受到印度传统的熏陶而成为虔诚的印度教徒；既富有民族爱国主义精神，又对英国抱有幻想。他主张社会改革，关心印度的命运，想要通过文学作品来唤醒民众，号召印度人民起来共同振兴国家，改变社会状况。

他短促的一生著述颇丰，从梵语和孟加拉语翻译或改编了近十个剧本，创作了九个剧本，写了大量

的诗和一些散文，还写了有关历史的著作以及大量的论文。他的代表作有《印度惨状》《按吠陀杀生不算杀生》《金德拉沃里》《印度母亲》《尼勒德维》等。他的诗主要有两种，一种是受宗教虔诚诗歌和法式艳情诗影响的旧体诗，另一种是表达民族主义和爱国主义的现代诗。此外，还有少量描写山水风景、风土人情和旅途见闻的诗。他是第一个成功运用标准印地语写作的学者，为后世印地语文学提供了范例，被称为“现代印地语文学之父”。他对印度文学贡献卓越，影响巨大且深远，因此，印度文学史上把十九世纪下半叶至二十世纪初期称为“帕勒登杜时期”。

女伴啊，为何我不是竹笛？

我若是笛多美妙，吸吮唇汁染他色。
他会把我持在手，或挂腰间贴唇边。
情郎林中吹竹笛，伯勒杰[1]人身心迷。
向造物主求此郎，伯勒杰土幸运长。
赫利金德[2]言，
莫亨[3]情味盈入眼，永不分离意缱绻。

（王靖　译）

1　伯勒杰：原文为Braj，今印度北方邦境内的一个地区，不是一个固定的行政区域，而是泛指伯勒杰方言流行地区，该地区是印度毗湿奴教黑天派的圣地。

2　赫利金德：是作者在诗中的自称，是“赫利谢金德尔”的简称，类似于我国《史记》中的“太史公曰”。

3　莫亨：原文为Mohan，印度教毗湿奴大神的化身黑天的名号之一。拥有神力的牧童黑天是伯勒杰牧女心中的完美情郎。

十车王的悲伤

我的爱儿罗摩在哪里？
你抛弃我们去了何方？
让我这年迈之人如此痛苦，
不得已仍要忍苦苟活世上。

（王靖　译）

帕勒登杜·赫利谢金德尔

英勇的印度

穿上战袍，披上铠甲，扎上番红花色的头巾，
束紧腰带，弯弓搭箭瞄准敌人。
为了民族长治久安，为了造福于民的理想，
印度不再恐惧。
你们从不让妻女失望，
从不背叛人民的信仰。
你们架桥修路，把天堑变通途，
为行路人传播幸福。
你们守护家乡，站岗放哨，
震慑了盗匪，让他们四散奔逃。
你们维护了家园、民族和国家的稳固，
你们视钱财和封地如同粪土。
你们依正法行事，保家卫国，
你们传授知识，无私奉献，修建了伟大的城池。
你们因地制宜，从不顽固，
你们以无畏的肩膀庇护了人民所有的幸福。
你们保障了这个民族的繁荣和稳定，
你们在战场上谨遵誓言，尽忠职守。
敌人的铁蹄践踏我们的妻女，抢掠我们的财富，破坏我们的安宁，
印度民族的英雄子孙为了尊严和荣誉不惜牺牲性命。
马纳·辛格与伯勒达波·辛格在孟加拉并肩奋战，
拉姆·辛格在阿萨姆大获全胜，热血沸腾。
恪守刹帝利武士之道的拉其普特王族子孙骁勇善战，

犹如婆罗多族神圣王者苏达萨的军队一样英勇。[1]

为了印度民族，英雄们何不奋起，

手握宝剑冲向漫漫沙场，拼死战斗！

（王靖　译）

1　印度最古老的文献《梨俱吠陀》记载了发生在吠陀时代两个部落联盟之间的一次著名战斗“十王之战”，其中，婆罗多族的苏达萨王在天神因陀罗的帮助下大获全胜。此处引用“十王之战”的典故来赞美印度教王公马纳·辛格、伯勒达波·辛格、拉姆·辛格抵御外敌入侵的英勇、无畏，以此鼓舞士气。

谢利特尔·巴特格

（一八五九年至一九二八年）

印度民族觉醒时期的诗人，出生于印度阿格拉。除了梵文和波斯文以外，他还深入研究过英国文学，翻译了《隐居修道者》《疲乏的旅客》《荒村》和《六季杂咏》等，其诗集主要有《欢乐》《克什米尔之美》《印度之歌》等。他受到英美浪漫主义诗人哥尔德斯密斯、朗费罗等人的影响，在印度现代诗歌创作中首先注意独立描写自然景色，脱离了印度法式艳情旧体诗的窠臼，表现出人类对自然景色的一种本能的爱。他的诗表现出清新的调子，即对人民生活的歌唱和对大自然的爱，开启了后来印度现代诗歌中“阴影主义”的前奏。

雨云来临

手擎各种宝剑，
身披青黑衣衫，
吮吸了鲜花酿成的美酒，
内心充斥极度的傲慢。
时刻彰显着自身的强威，
时刻让大自然听从使唤，
让林间的道路更加幽晦，
让经年守寡的女人心烦意乱，
让孔雀起舞高鸣，
让白鹤列队飞往天边，
让沁人心脾的清风，
不停地吹送仙园的花粉。
伸手看不清，黑夜的暗，
童年起就守寡的女人啊心惊胆战，
在她枯草般的心灵里，
有火星在暗暗点燃。
不停地发出怒吼，
一再使大地震颤，
呵斥着驱使着自己的士兵，
用战鼓的轰鸣把天空和大地占满，
雨季的歌声也一起唱遍。
啊！吉祥的命运啊，
爱情的美酒已酿熟，
伟大的雨云来了，幸福不会远。

（王靖　译）

阿约特亚辛格·乌巴特亚耶·赫里奥特

（一八六五年至一九四七年）

印度民族主义诗人，出生于印度尼加马巴德。他当过教师，也做过收税官，后来专门从事文学创作。他主张社会改革，同情民族独立运动。他的作品有《情人远行》《纯四行诗》《诗之花》《刺人的四行诗》《交往》《神树》和《悉多林居》。其中，《情人远行》和《悉多林居》两部“大诗”被认为是他的代表作。

情人远行（节选）

爱人啊，归来吧，说几句蜜语甜言，
将我拥入怀中，
痛苦的眼泪自然止息，
心会平静，让我感受无限的欢喜。

这是我内心的渴求。
然而也存有另一个念头：
爱人啊，愿你为世界谋幸福，愿你长寿，
即使你一去不回头。

（王靖　译）

迈提里谢伦・古伯德

（一八八六年至一九六四年）

印度民族主义诗人。他是甘地思想的追随者，其诗歌创作受到甘地主义的极大影响。他的诗集主要有《印度之声》《农民》《祖国之歌》《印度教徒》《萨格德》《耶输陀罗》《吉祥渡口》《二分时代》《印度的胜利》等。其中，《印度之声》出版于一九一二年，属于印度现代文学早期最有影响的诗作，回忆和歌颂了印度古代灿烂的文明和文化，描写了现代早期印度的落后、贫穷和人民群众的浑浑噩噩，表现出了诗人对祖国的哀伤及振兴祖国的强烈愿望。这部诗作促进了印度民族意识的高涨。古伯德于一九三二年和一九三三年先后发表了两部长篇叙事诗《萨格德》和《耶输陀罗》。《萨格德》取材于印度罗摩的故事，而《耶输陀罗》取材于释迦牟尼出家的故事。诗人将新的爱国主义和民族主义思想赋予取材于历史的神话传说和故事之中，在印度社会，尤其是青年群体中反响热烈。因此，这两部诗被印度文学评论家认为是古伯德诗歌的最高成就。

耶输陀罗

女伴啊！如果他离去时向我道声再见，
只是说声再见，难道我会把他阻拦？

他信任我，
却全然不知我的心念。
我一心追随，深悉他心中所愿。
女伴啊！如果他离去时向我道声再见。

我会恪守刹帝利王后之道，
亲自为他收拾行囊，
将我这比生命更珍贵的爱人，送上前线。
女伴啊！如果他离去时向我道声再见。

我真是不幸，他没有来道再见，
现在我有什么值得称道？
曾经拥有的，都已被舍弃，只留下忧伤与思念！
女伴啊！如果他离去时向我道声再见。

我的眼睛诉说着他的冷酷，
却又忍不住泪流满面，
他怎能忍受这眼泪？至少应有一丝怜悯！
女伴啊！如果他离去时向我道声再见。

让他去吧，让他欢喜去把伟业建，
莫让我的忧伤使他徒生烦念。
我有何颜面衔恨抱怨？这样的他才更让人眷恋！

女伴啊！如果他离去时向我道声再见。

他走了，还会再回来，
带回超越一切的福乐礼赞，
悲泣的心终会与他相聚，而我怎能吟唱这些自艾自怨？
女伴啊！如果他离去时向我道声再见。

（王靖　译）

印度之声（节选）

犹如狂风吹散落叶飘零四方，
饥饿驱赶着千千万万的乞丐到处流浪，
烂布缠腰间，破碗举手上，
赤身裸体的幼儿哭哭啼啼跟在身旁。

树底是唯一可以栖身之所，
他们饱受折磨的身子瘦得不成人样，
寒来颤抖，热来发慌，
是谁让他们忍受这无尽的创伤。

（王靖　译）

农　民

即使丰年来了，对农民来说也并非好事，
记上账本的贷款多得数不清，
寒冷的冬天也不能获得温饱，
只因粮食都到了放高利贷者的手中。

汗水洒满了田园，
可农民仍然饿死田间，
剩下一点点的口粮也不得不卖掉，
一整天的辛劳却不值一钱。

（王靖　译）

新的一年（节选）

新的一年来了，欢迎你！
你带来了新的希望。
请你让我们，
如花般绽放！

旧的一年走了，谁会阻挡？
啊！旧的一年，你走吧，
正如一场梦一样，
消失得匆匆忙忙。

（王靖　译）

马克纳拉尔·杰杜尔威蒂

（一八八九年至一九六八年）

印度民族主义诗人，出生于印度中央邦的小镇巴巴伊。他积极投身于新闻、文学创作和民族运动，曾任民族主义期刊《亮光》《炽热》和《英勇》的编辑。他积极参与圣雄甘地的非暴力不合作运动，在英国殖民统治时期曾多次被关押，被称为自由战士。印度独立后，他继续写作发声，反对社会弊端，支持甘地所设想的公平、无剥削的社会。民族主义是他诗歌创作的主旨，同时受到“阴影主义”诗歌的影响，他的民族主义诗歌带有虔信和神秘之爱的情感，他的诗集代表作包括《冰河》《母亲》《呈献》《花的理想》等。他的诗作《冰河》先后于一九四三年和一九五五年获得印度天神奖和第一届印度文学院奖。一九六三年，印度政府授予他第三级公民荣誉奖“莲花装”勋章[1]。

---

1 印度政府公民奖是印度政府颁发的最高荣誉奖，由印度第一任总统拉金德拉·普拉萨德于一九五四年设立，授予在各领域内为印度做出杰出贡献的人。共有四级，分别为第一级的“印度国宝”勋章（Bharat Ratna）、第二级的“莲花赐”勋章（Padma Vibhushan）、第三级的“莲花装”勋章（Padma Bhushan）和第四级的“莲花士”勋章（Padma Shri）。

花的理想

我不想被装点成女神的首饰，
也不想被编扎进迷惑情人的花环，
尊主啊！我不希望被用来覆盖帝王的遗体，
也不想得到放置在神像头顶的荣光。

园丁啊！请你摘下我，
把我放在道路上。
让那些为国捐躯的英雄们，
踏着此路，勇向前方。

（王靖　译）

马克纳拉尔·杰杜尔威蒂

囚犯和杜鹃（节选）

你在唱什么？
为何唱个不停？
杜鹃啊，请你告诉我！
你要传递什么？
是谁的消息？
杜鹃啊，请你告诉我！
高高的监狱围墙之内，
这个关押着所谓强盗、小偷、土匪的地方，
这里吃不饱，让人无法苟活，
却又不让人死，让人生不如死，饱受折磨！
现在对这些人日日夜夜残酷的监禁，
是为了所谓的管理，还是因为觊觎和憎恶？
尽管月光照着，夜晚仍旧还是一片黑暗，
黑色的女伴杜鹃啊，此刻你为何醒着？

（王靖　译）

杰耶辛格尔・伯勒萨德

（一八八九年至一九三七年）

现代印地语文学史上著名的诗人、小说家、戏剧家，印地语阴影主义诗歌的代表诗人之一，出生于印度贝拿勒斯。他一生创作颇丰，在诗歌、小说、戏剧等各个领域都有不凡的表现，其诗集主要有《爱的行旅》《野花》《山泉》《眼泪》《水波》《迦马耶尼》等。在这些诗歌作品中，《眼泪》被认为是他的成名诗作，和《水波》《迦马耶尼》一起被印度文学评论界评定为“阴影主义”流派的主要代表作品。他的诗歌作品既描写明亮的自然景色，又抒发孕育着痛苦与幸福的哀愁，用驰骋的想象描写了各种意境，呼唤黑夜过去黎明醒来，表现了对现实的不满以及对美好生活的向往。

霞光啊这是我们甜蜜的祖国

霞光啊这是我们甜蜜的祖国！
未知的天地在这里找到依靠。

生机盎然的青翠上，洒下一片吉祥的金黄；
晚霞铜色的光线上，树枝在欢欣舞蹈。

张开五彩的羽翅，停驻在微凉的春风上；
飞鸟向它转过脸去，便知那是自己最爱的巢。

眼中的云儿，在那里化作悲悯的雨洒落；
海中的浪花，在那里找到无垠的岸停靠。

整夜未睡的星星，在苍穹中沉沉睡去，
朝霞带来金色的水罐，把我们满载的幸福倾倒。

（李亚兰　译）

哎，娇羞的美人儿啊告诉我

金色光束的后面，
你为什么娇羞藏躲？

低垂的额头盛满骄傲，
青春的珍露娇嫩欲滴，
哎，娇羞的美人儿啊告诉我，
你为什么一直沉默？

那蜜唇的高墙内，
悦耳的莺莺之声中，
这闪烁的微笑如流淌的蜜河，
你为什么一直自斟自酌？

绚丽的时刻转瞬即逝，
夜来香的花苞绽放，
傍晚的微风拂过，
面纱轻掩你为什么要藏躲？

（李亚兰　译）

带我去那里吧诱骗之后

带我去那里吧诱骗之后，
我的船夫！慢慢地，慢慢地。

荒凉的大海中荡漾的波浪，
仿佛在天空的耳中深处讲述
真诚的爱情故事——
啊，放弃吧喧嚣的大地！
那里黄昏般人生的阴影，
任自己柔美的身体松弛，
天空青色眼睛里滴落，
星串般的密雨泪滴！

那庄严而甜蜜的影子里——
世界的画布走入幻境，
遍在的世相如神一样展示
那苦乐相融的真理！
劳作—休息，地平线—天际——
从那创造的集会里，
永恒的觉醒从朝霞的眼睛里——
迸发的光辉热烈绚丽！

（李亚兰　译）

啊，我从未得到过爱情

用长久干渴焦灼的喉咙，
哪位热切渴盼的可怜人，
被无情地漠视，
一遍遍颤抖着声音，
轻轻地他呼喊出声——
啊，我从未得到过爱情！

像海浪那样互相拥抱，
每日徒劳地卷起又落下。
海水辽阔无边无际，
他只凝望着那小小一滴。
轻轻地他呼喊出声——
啊，我从未得到过爱情！

冷酷的大地上一瞥目光，
渴望得到那一丝微笑的垂青，
于它的光辉中一切的业行，
都将变得美好高尚又光明。
轻轻地他呼喊出声——
啊，我从未得到过爱情！

当朝霞染红天空，
它的种种苦闷被唤醒，
欺骗，痛苦，厌恶，贪恋，
混合着四处散落的黑暗魅影。
轻轻地他呼喊出声——

啊，我从未得到过爱情。

稀疏枝条长满柔嫩的新芽，
带着芬芳的汁液低头垂下，
在自己的毒汁中沉迷昏睡，
一次次被尖刺扎醒。
轻轻地他呼喊出声——
啊，我从未得到过爱情。

人生暗夜里的那一轮清月，
未曾得到那亢宿[1]的一滴怜悯。
让如贝的心房中孕育出珍珠，
无数次失败后终成圆满的珠串。
轻轻地他呼喊出声——
啊，我从未得到过爱情。

疯子啊！哪里有什么得到？
一切都是向他的奉献。
细数流下的颗颗泪滴，
向这世界把借来的还清。
你为什么还要轻轻地呼喊出声——
啊，我从未得到过爱情。

（李亚兰　译）

1　亢宿：原文为Svati，二十八宿之一，在印度民间以为是吉祥星宿。传说，遮多迦鸟（cataka，一种杜鹃）喝亢宿的雨水，其水滴到贝壳里会变成珍珠。

眼泪（节选）

这悲悯装饰的心巢里，
今天奏起忧伤的歌调。
为什么这悲鸣声中，
无尽的痛苦在哀号？

心海的岸边，
浪涛的起伏拍打。
为何用喃喃细语诉说，
一些被遗忘的话？

从空无的天际，
我的回声去而又返。
为何如被撞击般，
痛苦疯狂地来回打转？

悲苦的泪水如恒河般，
被分离在两端。
在我理智的河流里，
溅起轻微的波澜？

就在这心里，
留着一个记忆的村落。
就如这天空中，
布满的星群一座座。

这些烈焰燃烧的，

是我所有的火花。
我那壮阔的相会，
仅有些许痕迹留下。

燃烧的清冷火焰，
以眼泪为燃料。
这无谓的叹息一次次地，
代替风在操劳。

海火沉睡，
在这情海的深处。
如饥渴的鱼儿的眼睛，
在躁动不安的水里。

海面的泡沫破裂，
一排排的星群熄灭。
天空是披散的长发，
大地如同被抢劫。

用柔软的双足磋磨，
把那水泡磨破。
眼泪如可怜的汁液，
一次次流淌滴落。

带着这无助的痛苦，
谁挑战过幸福？
那是个无知的穷汉，
是我们昏睡的觉悟。

希望的侧身辗转，

又唤醒了沉眠的悲酸。
湿润的双眼感觉到，
幸福的梦终将出现。

心莲的四周，
蜂群纷乱如发。
泪如花蜜滴落，
呼吸与风会合。

沉醉的，迷人的，
愉悦欢欣的嬉闹。
那甜蜜的爱的痛苦，
如今让心旌摇摇。

幸福受伤热情平息，
勉强承续着呼吸。
这心变成了墓地，
悲悯在角落里哭泣。

杜鹃惊慌不安地呼唤，
夜莺的声音轻盈甜蜜。
我温情的故事碎片，
被泪水浸透湿意。

毕竟谁会有闲暇，
去听那悲苦的故事。
那在自己的幸福中沉迷的，
他的痛苦在沉睡。

生活的复杂问题，

如乱麻般不断生长。
心中的尘土飞舞，
这像是谁的财富？

那凝积的痛苦，
像回忆浮现在脑海。
困厄间形成的泪水，
今天喷涌而来。

（李亚兰　译）

苦　痛[1]

当严重的冲突已经发生，
我的心啊，在努力寻求平静。

惊慌不安坐卧不宁，
睡梦时分追寻你的踪影。
当你的精神已经疲惫，
我的心啊，化作春风为你驻停。

心中长久的忧愁已隐遁，
钻进这痛苦的黑树林。
我是如霞光般的光亮，
我的心啊，让花朵开于清晨。

当沙漠中焰火闪烁，
杜鹃渴望着馈赠。
在这生活的原野上，
我的心啊，洒下湿润的甘霖。

在风的围墙中停驻，
燃烧的人生低垂求生。
当世界快要烧焦的时候，
我的心啊，送来春夜的花露。

长久的失望如天空的云，

1　该诗出自伯勒萨德的长诗《迦马耶尼》第十二章中的一段“西尔塔的歌声”。

倒映在泪水汇成的湖心。
蜜蜂在沉睡的花蕊间飞舞，
我的心啊，就是含蜜的花簇。

她的歌声如细流汩汩，
全融化成救命的甘露。

（李亚兰　译）

巴勒格利生·谢尔马·纳温

（一八九七年至一九六〇年）

印度民族主义诗人，出生于印度瓜廖尔的农村。他积极响应甘地号召的开展反英的非暴力不合作运动，弃学投身社会政治斗争，曾几次入狱，有的作品就是在狱中创作的。他的诗歌和现实斗争紧密结合，其诗歌代表作主要有《番红花》《凝视》《你在何方》《被遗忘的优哩弥腊》。他的诗歌体现了深厚的爱国主义和民族主义思想感情，有些诗歌还带有进步色彩。

巴勒格利生·谢尔马·纳温

奋勇的歌者（节选）

诗人啊！请你吟唱这一首歌，
它能够震撼山河，
波涛从这里涌起，
波涛从那里涌起。
这边涌来凶猛的巨浪，
那边涌来的巨浪能使地动山摇。
让敌人为活命而颤抖吧，
让他们的哀号响彻云霄。
让这毁灭的浓雾，
把世界笼罩。

（王靖　译）

苏尔耶冈德·德利巴提·尼拉腊
（一八九六年至一九六一年）

印地语阴影主义诗歌的代表诗人之一，被认为是最具天分的诗人。出生于今西孟加拉邦，祖籍原为北方邦阿沃特地区的婆罗门。主要诗集有《茉莉花苞》《芳香》《短歌》《无名指》《杜勒西达斯》等。其诗歌以富有斗争性和反抗性而闻名，主题包括描写自然景色、反映爱国主义思想、表达对劳动人民的深切同情、对革命的向往以及展现自我深沉的痛苦等，善于将精神世界的爱情、痛苦、忧伤以深沉的方式展现，并将新的文化意识及不屈的斗争精神传达给读者。

夜之女

黄昏时分——
那夜之女，像仙女一样，
慢慢地，慢慢地，慢慢地，
从乌云密布的天空走来。

黑裙上没有一丝躁动的光亮，
她的双唇甜蜜，
但有些许威严，没有一丝笑意。
微笑的只有那一颗——
镶嵌在她乌黑的鬈发中的星星，
为心之国度的王后加冕致敬。
有点散漫
但温柔的藤蔓，
将手搭上她沉默的双肩，
与她在黑暗的天空之路上同行。
她的手中没有奏响维纳琴，
也没有任何爱的曲调弦音，
脚铃上也没有叮咚叮咚声，
只有喃喃的细语在各处回荡——
“安静，安静，安静”。

天空中，大地上，
沉睡的池塘里那无瑕的荷花丛中，
美丽骄傲的河流那宽广的胸怀里，
勇敢庄严的喜马拉雅冰封的山峰上，
在汹涌的海浪中，

地平线上河水中天空中风中火里，
只有喃喃的细语在回荡——
“安静，安静，安静”。

还有什么？没有！
她随那沉醉的河水流淌而来，
用爱之杯喂饮
那些疲惫的生命。
用那无数甜蜜的梦，
哄它们在她怀中入睡。
当她消融在午夜的静谧中时，
诗人的渴望不断生长，
不能沉默的渴求的喉间，
自行吟唱出午夜的歌声！

（李亚兰　译）

茉莉花苞

空旷森林里的藤蔓上，
她睡着了，在充满爱的梦里——
像纯洁温柔的苗条少女——茉莉的花苞，
闭着眼，疲惫的眼睑低垂，
在春日的夜里；
情人撇下亲密的爱人离去，
某个遥远地方的风，
现在被叫作摩罗耶尼拉[1]。
忆起分离时关于相聚的那些甜蜜的话，
忆起月光洗净的黑夜，
忆起爱人美好的身姿，
然后呢？风
穿过湖泊，穿过山川，
走过藤蔓林中，
到达爱人嬉戏之地。
她睡了，
如何知道他的到来？
亲吻爱人的脸颊，
吹起藤枝这样轻轻挠！
她却仍未醒来，
也不醒来乞求讨饶，
微睡的宽大的眼睑一直弯曲紧闭——

---

1 摩罗耶尼拉：原文为Malayaanil，印度南部摩罗耶山吹来的风。因摩罗耶山一带遍种檀香树，故风中带香气。此外，印度春季季风自南吹来，因此，印地语文学作品中多用此词表达有香气的风、春风。此处表示情人分离到了遥远的地方。

又或是饮下了青春之酒后带着醉意，
谁知道呢？
无情的情人，
仅冷酷地
用疾风密雨，
摇晃她柔软的身体，
拍打她苍白娇弱的双颊。
少女惊醒——
惊慌的双眸四下顾盼，
寻觅爱人在身旁的踪迹。
噢，低垂的眉眼盈放笑意，
爱人在旁，享乐嬉戏。

（李亚兰　译）

乞丐

他走过来，
带着破碎的心懊丧地
从路上走来。

前胸贴后背连成一块，
他拄着拐杖走了过来。
为了一把米——充一充饥，
展开破旧的口袋——
他带着破碎的心懊丧地从路上走来。

身边还有两个孩子双手一直向前摊开，
时而捂着肚子走向左边，
时而看到怜悯的注视又向右边走来。
嘴唇因饥渴而发干，
从施主——命运的掌握者那里能得到什么？
只有饮下苦泪默默忍受。
他们站在路旁舔着人们餐食后丢下的树叶[1]，
还有饿狗在旁伺机猛扑虎视眈眈！

等等停下！啊我的心里有甘露，我向你浇灌！
你就像那阿周那之子激昂[2]，
我将把你的痛苦引入自己心间。

（李亚兰　译）

1　印度人习惯用树叶包装食物。

2　激昂：原文为 Abhimanyu，是印度史诗《摩诃婆罗多》中阿周那的儿子，他被难敌十分残忍地虐杀了，这让阿周那痛苦不已。

再一次觉醒

再一次觉醒吧！
战场上那不朽的生命，
印度河两岸的人民，
曾以伟大的河流歌唱他们的英名。
曾跨上骏马，
会同四路大军。
“不以一
敌十万，
我戈温德·辛格[1]
誓不为人！”
这是谁奏响
这英勇豪迈的
不可战胜的战鼓之声，
成年累月的战争，
鲜血如洒红节的红粉染遍全身。
而今天怯弱的豺狼，
却撞进了雄狮的洞门——
同胞们，觉醒吧再一次觉醒！

高呼“真理是至高无上的神”[2]，
把熊熊的怒火点燃，
让一切都化成了灰烬——

---

1 戈温德·辛格：印度锡克教第十世导师，组织武装力量对抗莫卧儿帝国，因英勇而受人赞颂。

2 “真理是至高无上的神”：原文为 Sat Sri Akaal，是戈温德·辛格发起觉醒号召的后半段，现为锡克教徒或旁遮普地区印度教徒见面打招呼时的用语。

时间、三德、三苦，
你变成无畏的战士，
像司毁灭的湿婆大神。
啊，不死的神之后人！
冲破七重天，
直至不死无忧境，
到达神王因陀罗的天庭。
同胞们，觉醒吧再一次觉醒！

有谁能从母狮怀里，
夺走幼狮？
它怎会默默无声？
只要一息尚存！啊，无知的人哪！
只有那母绵羊，
才一动不动忍气吞声，
软弱地看着别人，
抢走自己的子孙，
对自己被诅咒的出身，
流下痛苦的泪水！——
但是又能怎样，
这世界只有强者才能生存，
不要迷信西方的故事——
我们有《薄伽梵歌》[1]，《薄伽梵歌》
要一遍一遍地牢记在心！
同胞们，觉醒吧再一次觉醒！

1 《薄伽梵歌》：原文为 *Geeta*，全名 *Bhagavad Geeta*。是印度宗教经典之一，记述了印度史诗《摩诃婆罗多》中天神黑天与即将走上战场的般度族王子阿周那的一段对话。

你们不是牛马，你们是勇敢的人民，
你们不是战场的暴君，
是雄狮在时代的牢笼中囚困，
啊！你们也是帝王的后裔！是战场上的领头兵。
但是，又怎样？
都是幻象，都是幻影，
你永远是自由之身！
一旦摆脱了羁绊，
你们将如神般在喜悦中沉浸。
圣哲们的伟大咒语经文，
芸芸众生中到处都是它的声音——
“你们是伟大的，永远是伟大的。
毁灭吧这痛苦的情绪，
这种怯弱、无用的感情。
你就是宇宙，
这个世界并非
脚下的微尘。”
同胞们，觉醒吧再一次觉醒！

（李亚兰　译）

温柔的溪水

温柔的溪水流走了！
只留下河床的干沙。

芒果树枝显出干枯的模样，
它说道："如今杜鹃和孔雀不再来这里；
我是那写下也没有意义的诗行——
人生燃烧起来了。"

"我曾给予人间果和花，
我的才华也曾让人惊讶。
但永驻的是那曾葱郁的芳华——
而那辉煌的人生——
如今破灭倒塌。"

如今心爱的人不再到这河畔，
无比深情地坐在浓密的苇草边。
心里只有无尽的黑暗。
我是被无视的溪水；而这
就是所谓的诗人！

（李亚兰　译）

苏米德拉南登·本德
（一九〇〇年至一九七七年）

印度阴影主义诗歌的代表诗人之一，出生于印度阿拉哈巴德地区。自幼喜欢诗歌，受到泰戈尔等诗人的影响，对印度古代文学、孟加拉文学以及英国文学都深有研究。一九六一年获印度政府颁发的第三级公民荣誉奖“莲花装”勋章，一九六八年获最高文学成就奖——“格杨比特奖”[1]。代表诗集作品有《维纳琴》《嫩叶》《音响》《时代之声》《村女》等，其中《嫩叶》是其成名作。本德的诗歌热衷表达对大自然的热爱，表现柔和的情感，并在这种情感表达中生发出对人类命运的理性的同情，以及对未来的新人类、新制度、新社会、新文化和新道德的向往与歌颂。

---

1 格杨比特奖（Jnanpith Award）是由印度格杨比特文学研究组织于一九六一年设立的奖项，是印度最高级别的文学奖，专门颁发给对文学有杰出贡献的作者，每年只颁发给一位作家，且仅授予以《印度宪法第八号附表》中所列的印度语言写作的印度作家。

第一束光

晨之歌者啊，第一束光的到来，
你如何知晓？
嘤嘤幼鸟啊，这首歌，
你从哪里学到？

藏在羽翅的温暖中，
你在梦巢里酣眠，
门口那徘徊的守卫，
无数萤虫正昏昏欲睡。

幻象万千的神，
从月光上降落，
亲吻蓓蕾温柔的脸颊，
正在教它们微笑。

星光燃尽，
树叶无声无息，
大地在睡梦中纹丝不动，
黑暗铺开了穹顶。

树之宿鸟啊，你突然鸣叫，
唱起了欢迎的歌调，
心之启者啊，是谁告诉你，
第一束光的来到？

从世界的黑暗深处，

幻化出许多无形的影，
凶残的魔鬼，
用法术发出各种声音。

黑夜辛勤的劳作，
让月之少女藏起无光的脸庞，
黑蜂躲进了莲花的怀抱，
杜鹃为分离的痛苦疯狂。

世界在禅定中无感无知，
万物均为一体，
宇宙心中皆虚皆空，
唯有吐纳的气息。

见微知著者啊，只有你，
最先唱起了觉醒的歌调，
在天空中编织，
幸福与芳香的华章。

突然，倾泻而出的光中，
无形的黑暗仿佛有了形。
迅速融入这大千世界中，
获得无数各色的形与名。
树叶兴奋颤抖起来，
万物复苏，
花的唇边闪烁的微笑，
如珍珠一般摇晃。
世界睁眼，迸发金色光芒，
花儿开放，幼蜂飞舞奔忙。
世界在新生与脉动中问道：

苏米德拉南登·本德

晨之歌者，第一束光的到来，
你如何知晓？
嘤嘤幼鸟啊，
这天堂的歌声，
你从哪里学到？

（李亚兰　译）

印度母亲

印度母亲，
似乡下的女人。
黑色遍及的躯身，
满是尘污的衣裙，
恒河叶木纳河中是她的泪水，
泥土的雕像，
伤心的人。

悲伤无助地睁眼凝望，
紧闭的唇里是长久沉默的哀鸣，
一年年黑暗中痛苦的心，
在自己的家里，
无居的流民。

三千万子民衣不蔽体，
食不果腹，任欺任辱，手无寸铁，
愚昧、贫穷、无知、粗鲁，
顺从软弱，
幕天席地的居民。

金黄的庄稼为入侵者践踏，
被欺压的心灵如大地般忍耐，
抽泣颤抖的嘴唇沉默的微笑，
被罗睺[1]追逐吞噬的

---

1 罗睺：原文为 Rahu，印度神话中的阿修罗之一，经常吞噬日月造成日蚀和月蚀。

秋月般微笑的女人！

忧愁的眉头是被染黑的地平线，
低垂的眼睛是如天空云雾笼罩，
脸孔就好似是那明月藏入了阴影，
智慧被无知遮蔽，
那《薄伽梵歌》的光明！

今天他的苦行终成正果，
用非暴力的乳汁喂养，
消除人们心中的恐惧，黑暗，迷茫，
鼓舞人生奋进的精神的
世界的母亲！

（李亚兰　译）

沉默的邀请

当月夜里世界安静得
如懵懂好奇的孩童，
世界温柔的眼里
正做着未知的梦。
不知道是谁从星辰上
向我发出沉默的邀请。

当乌云笼罩的天空
恐怖的风呼啸而过，
夹着风绵长的呼吸
阵雨如泼急骤降落。
不知道是谁在电闪雷鸣中
向我发出沉默的暗示！

当春天的蜂鸣
响彻生机盎然的大地，
温柔的花蕾绽放，
似从心的痛苦中叹气。
不知道是谁以花为借口
向我发出沉默的信息！

当狂风席卷兴奋的巨浪
在大海中搅动翻腾，
泡沫惊慌不安的世界
被未知的力量筑成，毁坏。
不知道是谁从浪涛中伸出手

向我发出沉默的召唤！

当清晨让整个世界
在光芒、幸福吉祥与芬芳中沉浸，
飞鸟家族甜蜜的歌喉
在天地之间汇成婉转的声浪。
不知道是谁绽放慵懒的花瓣
沉默地让我睁开睡眼！

当浓烈的黑暗中
整个大地一起酣睡，
蟋蟀可怕的鸣叫
让微睡时分为之惊颤。
不知道是谁如萤火虫般
沉默地为我照亮路途！

当蓓蕾在金色的光影中
完全敞开心灵的大门，
幼蜂被花香吸引，
焦急不安地嗡嗡嘤嘤。
不知道是谁用滑落的露珠，
沉默地吸引了我的眼睛！

当沉重劳作的白日
展开金色的黄昏，
我在空旷的床上
安放无尽疲惫的不安的生命。
不知道是谁在我的梦里，
沉默地让我徘徊在影的暗境！

不知道是谁到来了，带着光明，
我不明白，不认识，
竹笛中你吹响的歌声，
将我向未知的路上指引。
啊，我苦乐悲喜的沉默同伴，
你是谁我说不出你的身份！

（李亚兰　译）

这尘世枯朽的叶子啊，快凋落吧

这尘世枯朽的叶子啊，你快凋落吧！
衰微破碎的，干瘪凋零的，
历经寒暑变得枯黄，因春风将至而充满恐惧，
你这消极的、腐败的、陈旧的！！
了无生机的过去的时代！如死去的飞鸟一般！
世界——它的巢，了无生气！
用你无力的垂落的翅膀，
降落吧降落融入这无限！

叶脉经络如网在地面铺开，
然后新鲜的血液，幼芽嫩叶——红色！
富有生命力的沙沙声响起，
充满生机的饱满的一片葱郁！
世界长满青春的花蕾，
杜鹃鸟儿醒了过来，痴醉地
用它永远充满爱的如酒般醇醉的歌喉，
将这新时代的杯盏再次添满！

（李亚兰　译）

鸟儿歌唱

鸟儿歌唱在苏醒的清晨，
这美好、幸福的世界！
鸟儿歌唱停靠在黄昏，
这圆满、甜蜜的世界！

从不眨眼的星群说着，
自己明眸的过往——
凝望，沉默，
流泪的眼睛。

笑容满面的花儿教导说，
时光飞逝，那得到微笑的，
将用自己的心香，
充满世界的院庭。

起伏的波浪说着，
我们看不到海岸，
但在一波又一波的浪潮中，
永远不断向前进！

只留下一次次颤动的拍打冲击——
永不能到达的岸边啊！
泡沫悄然地消逝，
只留下追逐的意蕴。

（李亚兰　译）

苏珀德拉·古玛利·觉杭

（一九〇四年至一九四八年）

印度民族独立运动时期著名的爱国主义女诗人。她自幼即表现出极大的爱国热情，成年后积极参加社会运动，是印度首位因参加民族独立运动而入狱的女性。她一生创作了八十八首诗歌、四十六篇短篇小说，其中诗歌作品主要收录于诗集《蓓蕾》《恒河》。她的诗歌语言生动，感情细腻，将民族独立运动的背景及对民族独立的理想融入女性的日常生活中，展现出作为女性书写的爱国主义诗歌的不同特质。

《章西女王》是其最著名的诗篇，这首短诗从民间诗歌中获得灵感，歌颂一八五七年印度民族大起义时的女英雄章西王后。诗人以充满热情的笔触，描写女王的英勇，通过歌颂英雄来唤醒人民为民族独立而斗争的意志，极大地鼓舞了印度人民。

章西女王[1]

王的宝座摇摇欲坠，王族子孙愤怒无比。
古老的印度，又焕发出新的青春和活力。
人人都觉知：可贵的自由不容再失去。
人人都下定决心，要把英国人从国土上驱离。
古剑发出的光辉，正在一八五七，
从刹帝利武士本德尔肯德[2]人的口中，
我们曾听说过她的事迹：
是她——章西女王，曾奋勇战斗到底！

安息吧，女王！心怀感激的印度人民会永远铭记，
你的牺牲将会换来不可摧毁的自由和独立。
即使历史缄默不语，即使庸人们毁灭了真理，
即使炮弹夷平了章西，可歌可泣的胜利仍然属于你。
你是丰碑，是不朽的印记。
从刹帝利武士本德尔肯德人的口中，
我们曾听说过她的事迹：
是她——章西女王，曾奋勇战斗到底！

（李亚兰　译）

---

1 “章西女王”是印度的民族女英雄，原名为拉克什米·巴依，十七岁嫁给印度土邦章西王公而封后。一八五三年章西王公逝世后，因无子嗣，章西王后以养子监护人身份登基。不久后，章西土邦为英国人所兼并。一八五七年印度民族大起义爆发后，章西王后积极响应，发动起义驱赶英国殖民统治者，与殖民统治者进行了艰苦的斗争，表现得十分坚定勇敢。最后章西沦陷，拉克什米·巴依壮烈牺牲，时年仅二十三岁。她被誉为印度的圣女贞德，其英雄事迹为印度人所传唱。

2 本德尔肯德：原文为 Bundelkhand，地名，属于今印度中央邦。

札连瓦拉园的春天[1]

这里没有杜鹃，只有乌鸦的喧闹，
暗黑的蠕虫引来黑蜂的纷纷扰扰。
蓓蕾尚未绽放，便如荆棘那样，
花苞凋零枝条干枯如烧焦。

失去香气的花粉被弄脏，
是的！这可爱的花园被鲜血浸染。
来吧，亲爱的六季之王！但请轻轻地，
别喧哗，在这哀痛的地方！

让风吹过来，慢慢地，
别带着痛苦的叹息一同飞扬。
让杜鹃啼叫，但用恸哭的曲调歌唱，
让黄蜂飞舞，嗡嗡诉说这故事的哀伤。

把鲜花带来，但别让它太过明亮，
用露水沾湿，别让它太过芳香。
但请你别把它们拿来当作礼物，
就为祈祷悼念撒下一些，在这个地方！

柔弱的孩子们在这里饮弹死亡，
请带些花苞，撒在他的身上。
充满生机的心灵支离破碎，

---

1 札连瓦拉园位于印度北部城市阿姆利则城一隅。一九一九年四月十三日，英国人在此指挥军队向手无寸铁的印度民众开枪屠杀，造成上千人死亡，是为震惊世界的“阿姆利则惨案”，又被称作“札连瓦拉园屠杀”。

亲爱的家人自此和祖国天各一方。

所以，留一些半开的蓓蕾祭上，
让思念的泪水如露珠般流淌。
哀号的老人在这里饮弹死亡，
走时请撒一些干枯的花儿在他们身上。
就这样，但请不要喧哗，
请轻轻地来，到这片哀痛的地方！

（李亚兰　译）

英雄该有怎样的春天

喜马拉雅传来呼喊，
云端一次次震颤，
无垠天地从东到西。
所有人都在追问：
英雄该有怎样的春天？

为鲜花的湖泊染色，
爱神带着甜蜜到来，
大地新娘欢欣不已。
但是神啊，英雄的国度里，
英雄该有怎样的春天？

这里充满杜鹃婉转的曲调，
那里传来战鼓激荡的奏鸣，
这是色彩和战场的创造。
生与死来这里相会，
英雄该有怎样的春天？

臂上的花环还是手持短刀，
眼波流动还是拉弓射箭，
甜蜜欢乐还是被压迫者的解放。
现在这是一个艰难问题——
英雄该有怎样的春天？

过去的时光啊你说吧别再沉默，

楞伽[1]啊你宫里为什么燃起了火，
古鲁格舍德拉[2]啊你醒醒。
把你那激烈的战争经历说一说：
英雄该有怎样的春天？

哈尔迪迦蒂[3]的巨石堆啊，
辛哈格特[4]城堡的高墙，
普拉塔普[5]、塔纳吉[6]的赫赫威风啊！
今天将记忆重新唤醒：
英雄该有怎样的春天？

诗人普生[7]和金德[8]失去了
点燃英雄诗行的激情，
笔被绑起失去了自由。
谁能告诉我们？唉——
英雄该有怎样的春天？

（李亚兰　译）

---

1 楞伽：印度史诗《罗摩衍那》中魔王罗波那的宫殿。神猴哈奴曼火烧楞伽宫帮助罗摩救出了悉多。

2 古鲁格舍德拉：印度史诗《摩诃婆罗多》中般度五子与持国百子之间发生的俱卢大战的战场。

3 哈尔迪迦蒂：莫卧儿人征服西北印度的过程中，与梅瓦尔王邦之间展开的哈尔迪迦蒂大战的战场。

4 辛哈格特：一六七〇年，代表马拉塔王国一方与代表阿克巴大帝一方的拉杰普特人之间所发生的著名战役辛哈格特大战的战场。

5 普拉塔普：梅瓦尔地区（今印度西北部拉贾斯坦邦）的第十三位国王。

6 塔纳吉：十七世纪印度马拉塔国王希瓦吉的军事助手。

7 普生：马拉塔国王希瓦吉时期著名的印度宫廷诗人。

8 金德：印度宫廷诗人金德·伯勒达伊，他创作的《地王颂》集中描写了地王和夏布哈丁王之间的战事。

在母亲庙里[1]

琴声响起，睁开的眼睛
渐渐回神。
黄昏时分，看到了
欢庆的爱的物品。

咿呀学语时
是我们第一次用它，
用那可爱的语言
找到了爱我们的母亲。

你是那印度贫苦的
印度人的可爱的印地，
你是亲爱的印度——克里希纳[2]的
那可爱的卡林迪[3]。

这是它唯一的盛会
这是它唯一的爱的节日，
我用充满惊奇的眼睛
看着这一切。

像贫苦的孩子
对一无所有的母亲，

---

1 这是一首赞颂印地语的诗歌，诗人将印地语比作任由自己装饰的母亲。
2 克里希纳：印度毗湿奴大神的凡间化身黑天的名字的音译，原文为Krishna。
3 卡林迪：黑天的女友名字的音译，原文为Kalindi。

像至今仍食不果腹的乞丐
对至今困苦的人。

看到这漂亮的长袍装饰
都惊讶。
真实的抑或仅是个梦呀，
这样诉说着，断断续续的。

但觉得很美，希望
用爱使用它，
献身在它的脚下，
虔诚尊敬地使用它。

带着坚定的信念
向母亲身边跑去。
为她佩戴首饰，
为她穿上衣衫。

曾那般地惊喜欢欣，
今日我反而犹豫徜徉。
心里翻腾的感情，
它仅仅停留在嘴上。

沉醉在爱中，
我跑向你的身边。
为你装饰为你穿戴，
无限的幸福到我身边来。

你的伟大中，
有装饰的需要吗？

你的宏大雕像，
需要佩戴虚假的饰品？

但是又怎样呢母亲啊！我
就只是你的孩子，
我从中获得满足哇，
这其中有无限的快乐。

你成为，一个个如我一样的
三亿人的语言。
你壮大，成为所有的
语言的王冠。

我十分骄傲，
这是多么地荣耀。
因你印度会有
独立的黎明。

消除分歧，
这是你的人生使命。
我们会独立，世界会
繁荣昌盛。

觉醒的英雄们，
为你带去吉祥荣耀。
女神们的鲜花，
为你送去祝福祈祷。

你将成为
国家民众议会的权威，

你将成为
国家边荒之地的福音。

你会让，这个国家
分散的人心团结在一起，
你会在，这个国家
处处展示独立的图景。

（李亚兰　译）

女孩的介绍

她是我怀中的光辉，是婚姻美满的吉象，
她是痴醉者的心愿，是求乞者的帝王风光。

她是黑暗中的灯焰，是乌云中的光亮，
她是秋天的绿意，是黎明在黑蜂旁。

她是干涸心灵的甘露，是苦行者沉醉的痴狂，
她是坚定真诚的爱情，是失明的眼中跳动的火芒。
她是那逝去的童年，是充满欢乐的游乐场。
一样的任性，一样的欢呼，一样笑着把戏剧演唱。

她是我的庙宇，我的清真寺，是我的圣地殿堂，
她是我的祈祷，我的冥想，是念经修行，是我心灵的停驻安放。

看看你庭院中那小黑天的本事剧[1]表演，
心里如母亲憍萨厘雅[2]那般地喜悦欢畅。

上帝耶稣的宽恕，先知默罕默德的信仰，
乔达摩的仁慈，都在她身上。

---

1 黑天本事剧是以印度教毗湿奴大神的化身黑天为中心人物，演绎黑天故事的戏剧表演。黑天婴儿本事剧主要表演养父养母对黑天的呵护和小黑天降魔的故事，此处为借用，表现小女孩在庭院中玩过家家游戏的场景。

2 憍萨厘雅：原文为Kausalya，印度史诗《罗摩衍那》中罗摩的母亲，十车王的皇后。

该怎样介绍呢？你问我她怎样？

有一颗做母亲的心的人，就能了解这个姑娘！

（李亚兰　译）

拉默古马尔·沃尔马

（一九〇五年至一九九〇年）

印度著名的诗人、戏剧家、文学史作家及文学评论家，出生于印度中央邦。因其在文学领域的杰出贡献，一九六三年被印度政府授予第三级公民荣誉奖“莲花装”勋章。他的诗歌创作属阴影主义风格，诗集主要有《凝望》《诅咒》《月光》《英雄赫米德》等。

觉醒的灯焰

请你在这沉睡的世界，点燃觉醒的灯焰。
当呼吸描画
人生的直线，
我心中的爱与离苦
把悲悯浇灌，
爱人啊，在与所爱的幽会中，请化作泪珠相聚吧！
请你在这沉睡的世界，点燃觉醒的灯焰。

我知道，路在何方尚未知晓，
这痛苦无法看见，
忘了这悲愁吧，再一次
回到我的身边，
请让我看见他吧或赠予我勇敢，
请你在这沉睡的世界，点燃觉醒的灯焰。

啊，日月流转，在聋人那里
只道是同一个步调。
朝霞的色彩，在夜晚那里
只知是同样的黑暗。
请融入这曲调吧，在琴声中共鸣！
请你在这沉睡的世界，点燃觉醒的火焰！

清晨的月亮为什么
变作如疯子般丑陋的容颜？
绵长的摩罗耶阵风中
饱含清凉的呼吸。

爱人啊，化作鲜花，如四季之王那样欢笑吧！
请你在这沉睡的世界，点燃觉醒的火焰。

（李亚兰　译）

沉默的怜悯

我爱你沉默的怜悯。

我知道这世界上花儿的芳龄几许，
我知道青春升腾的气息多么有力，
因此我爱天空的广阔，
我爱你沉默的怜悯。

命运之海的波涛提出疑问，
眼睛所谓的仇恨是否伴随着泪水，
我爱你给予的那流动的泪痕，
我爱你沉默的怜悯。

贪婪的天空串起颗颗泪珠装饰星群，
那光亮是否是因某个人而成，
生命啊！我爱你这指路的明星，
我爱你沉默的怜悯。

就像将四周连在一起这暴风如何产生？
一叶小船一个船夫还有多少灾难？
当我在河的中心该怎么说要靠岸？
我爱你沉默的怜悯。

（李亚兰　译）

默哈德维·沃尔马

（一九〇七年至一九八七年）

印度著名女诗人、散文家、教育家，阴影主义诗歌代表诗人，出生于北印度。自幼接受良好的教育，二十世纪二十年代开始用印地语写诗，她的诗集主要有《雾》《光》《莲》《黄昏之歌》《灯焰》等。因其在文学领域内的重要贡献，她于一九五六年被印度政府授予第三级公民荣誉奖“莲花装”勋章，一九八二年被授予“格杨比特奖”，一九八八年又被追授第二级公民荣誉奖“莲花赐”勋章。

她的诗歌以悲悯的情怀诉说女性的情思，咏叹之间既蕴含印度传统哲学“梵我一如”境界的虔诚追求，也饱含对生命无常、苦乐相依、因果轮回等人生命题的哲学探寻。她以饱满、细腻、深沉的女性笔调，赋予变化无常的自然万物以个人情感，阐述她对人类集体痛苦的悲悯，以及希望通过奉献（燃烧自我）而获得解脱的精神追求，表现了作为现代女性追求自我解脱的真实心路历程。

谁把我送去那彼岸

浓云聚拢，
四周黑暗环绕。
狂风劲吹，
地动山摇。
大海一遍遍咆哮。
谁把我送去那彼岸？

如山的巨浪涌起，
发出惊悚的凄嚎，
它带着泡沫的呼吸呀，
把那小舟戏弄嘲笑。
船舵脱手，
谁把我送去那彼岸？

失控的小船被吞噬，
如鱼群在水中翻滚飘摇。
黑色大海无边无际，
看一眼便再无勇气！
巨浪无边，
谁把我送去那彼岸？

那曾闪耀着我的希望的
星光慢慢暗淡了，
夜晚穿上黑色的纱丽说：
“欲望的花呀，放弃希望吧！”
没有水手，

谁送你去那彼岸？

我听说那彼岸，
那是一个金子般的世界。
美丽的飞鸟微笑着，
听闻死亡和阴影的凶名！
大地的繁华没有尽头，
谁把我送去那彼岸？

那里的泉水无声地唱着歌，
把甘露奉献。
天空唱起无尽的歌声，
星星齐声奏响了琴弦。
无尽的爱充溢其中，
谁把我送去那彼岸？

花里是永恒的微笑，
风中是放弃的绝唱。
万物中有天国的光亮，
那温柔的美好的光。
那样的世界有多遥远！
谁把我送去那彼岸？

突然间谁许下誓言，
在耳中甜蜜宜人地回旋，
“把小船带到河中间，
沉没后将到达对岸”，
舵手已经离去，
唯这样才能送你去那彼岸。

（李亚兰　译）

那曾是我生命的甜蜜

天国寂静的气息，
曾是神琴折断的弦，
生命之环上的珍宝，
那是死亡短暂的赠礼。

新希望的庭院，
那曾是我生命的甜蜜！

大海睡去的波浪，
化作远去的纯净的泉溪，
我们那睡时的梦，
是爱光芒闪耀的宝藏地。

洁白无云的天空，
伴随我生命的如此美丽！

谁悄悄到来，
唱起诱人的歌曲，
展现这虚幻的世界，
然后将它变得未知神秘？

醉人的美酒的滋味，
为什么要品尝啊愚蠢的生命！

没有了黑蜂的呼唤，
花的王国也不再存在，

杜鹃突然消失，
逐渐远走了我可爱的春季。

没有长久的相聚，
短暂的生命啊你别忘记！

失望它将你拒绝，
希望它把你嘲笑，
虚幻的世界它让你跳舞，
梦中的笑让你迷失自己。

将毒酒看作新生，
我愚蠢的生命为之着迷！

花凋谢了又开放，
月隐匿了又升起。
云散开了又聚集，
灯点亮了又将熄。

这里何曾有永恒的少年时期？
啊呀我短暂的生命啊变幻不息！

朋友啊，你装满的杯盏，
日夜不停地流溢，
灯光逐渐微弱，
琴声逐渐沉寂。

睁开眼睛看看，
我疯狂的生活啊就一瞬息！

从天空传来轰鸣，
放弃的琴声已经响起，
这弱小的杯盏里，今天
让整个世界在其中沉迷！

这迷人的花感到羞愧，
创造如此短暂的生命！

同行者啊！这是虚幻的世界，
你我的关系不过瞬息，
这里花刺中得到的情谊，
如花红那样短暂美丽。

让你从痛苦中脱离，
啊我可爱的生命啊不要忘记！

（李亚兰　译）

如遥远的乐声般的那是谁？

当睫毛以眼泪擦去，
如红莲花般的痛苦烙印。
眼珠触摸到风的呼吸，
惊慌无措地轻颤。

那时召唤我去那一边的，
如遥远的乐声般的那是谁？

当空寂的天空里充满痛苦，
夜晚的黑暗中，布满乌云。
当萤火虫的队列也如，
金黄的眼泪项链般撒落。

那时，那将闪烁的眼睛遮住的，
闪电的微笑中的那是谁？

当天地洁白的贝壳中，
海洋如闪烁的珍珠般颤抖。
当月光无瑕的岸边，
云如柔软的雪堆般游弋。

美丽的林中那轻轻拍打着我的，
如睡眠的呼吸般的那是谁？

当黎明粉红的面颊上，
星宿如水珠般干涸。

当金色光线里沐浴的蓓蕾，
献上珍珠的祭品后微笑。

那时，在梦房中放下幕帘，
和眼睛嬉戏的那是谁？

（李亚兰　译）

你殷红的霞光迸发

你殷红的霞光迸发!
如春泉般水润的歌调,
滴滴涌出盈盈流动。

这深邃的金光里,
暗海的波浪醒来;
如气泡般涌向岸边,
伴着飞鸟甜蜜的歌唱;
那黑暗中模糊的地平线,
变作斑斓多彩的珊瑚岸。

如新莲的云群,
变成绚烂的华盖。
柔蕊的绽放打起节拍,
雪花无常的生命舞起来。
黑蜂在黎明中清洗黑躯,
温习夜晚无声的歌曲!

芳香的发网散开,
仙女在晨间嬉戏。
露湿的红花步态踉跄,
如妖娆少女酒醉的新郎。
奏起簌簌甜美的琴声,
摇曳的嫩芽在吟唱!

张开自己温柔的翅膀,

睡梦飞走到夜的彼岸。
半开之眼的莲花杯上——
投影着遗忘的陶醉。
欢喜的心带走笑与泪，
这狡猾的画师智慧的清晨！

（李亚兰　译）

从地平线上春夜她缓缓降临

春夜她缓缓降临！

星般闪亮的新发，
月般鲜嫩的额花，
光带般洁净的云纱，
用自己的凝视，
将喜悦的珍珠撒下！
春夜她高兴而来！

脚铃悦耳叮咚，
黑蜂嗡嗡在莲蓬，
脚步如慵懒的河流，
夜用温柔的笑，
让宝石的银光流淌！
春夜她微笑而来！

惊梦中的汗毛竖起，
掌中是掬捧的回忆，
黑蜂啊是春风吹动的纱丽！
总是如影的黑暗，
成为与宇宙的幽会之地！
春夜她羞怯而来！

河心颤动着醒来，
满是甘露的花儿盛开，
一次一次渴盼地查看，

听到爱人的脚步
这大地兴奋不已！
春夜她颤抖而来！

（李亚兰　译）

女友啊，离苦时分变得如夜晚一样甜蜜

女友啊，离苦时分变得如夜晚一样甜蜜！

爱人啊远处的星辰如眼眸在身旁，
呼唤的声音穿过虚无天空的静默，
今天这无垠的广阔，
如短暂人生的情郎！

心跳诉说着经年未说的故事，
眼中泪水化作微笑那般甜蜜，
每一次无声的呼吸
如新梦的伴侣！

女友啊！模糊无望的明天在今天里隐匿，
相聚在我的离苦中合一！
凝视着我的路，
回忆如失望的布迦尼[1]。

黄昏的天空铺满我的绚丽爱意，
黑暗的灯光那是我微醺的欣喜，
获得被尊崇的敬意，
我似这桎梏中的斯瓦米[2]！

（李亚兰　译）

1　布迦尼：原文为 Bujani，意指敬神的女子、向神祈求的女子。
2　斯瓦米：原文为 Swami，意指主人。

我是饱含苦水的雨云

让永恒的静止在移动中驻停，
让新洗的世界在哭泣中微笑。

双眼中如灯烛点亮燃烧，
眼睑里溪流任性喧闹！

缓缓脚步中充满旋律，
如呼吸般吐纳梦的檀香。

用天空的新色织成纱丽，
在暗影中酝酿南来的春风。

为天际眉宇抹上烟黛，
我化作浓郁忧思的沉重。

在蕊粉上洒下水露，
让新生的蓓蕾含苞抽芽。

来时莫使路染尘土，
去时不让足留印痕。

世间有我到来的回忆，
最后绽放时战栗的幸福！

广阔天空中的任何一处，
都没有我自己的角落。

这就是我，介绍这么多，而我的历史——
昨日升腾聚集，今日逝去消散！

（李亚兰　译）

这庙宇的灯让它静静地燃

这庙里的灯让它静静地燃烧吧！

银钟、金笛、维纳琴声，
八音迭奏的阿尔迪[1]时刻已结束，
那时百鸟相聚，
乌云微笑嬉戏，
而此时庙中唯有神。
让他融入这被消融的风的空寂吧！

祭台的地面踩出金黄的足印，
伏拜的额头点下檀香的图案，
撒落的祭米和花朵，
无数献给光的祭品，
在黑暗中融为一体。
把所有的祭词一起供奉在这火焰中吧！

祭司转动时间的珠串让世界睡去，
每一种声音的历史都在空旷中丢失，
吐息之间禅定的生命，
黑暗之海中的道路已然形成，
处处吵闹的心跳静止，
让这灯焰中的生命重新流淌吧！

1　阿尔迪：原文为Aarti，是一种敬神仪式的仪轨，印度教徒在日常的敬神仪式最后会手持酥油灯在神像面前旋转，这个仪式动作被称为阿尔迪。阿尔迪还指做阿尔迪敬神仪式时唱诵的音乐。

迷失的黑夜深陷幻境，
今天成为祭司，做灯焰的短暂守护者吧，
直到白日的喧嚣重现，
时间苏醒，
光线中充满绚丽——露水，
就让那黄昏的使者走向清晨！

（李亚兰　译）

杜鹃你慢慢说

多舌的杜鹃你慢慢说，
兴奋执拗的杜鹃你慢慢说！

甜蜜的蓓蕾苏醒之后任它采撷蜜蜂说再多一些，
嫩黄的新叶会在讶异中掉落芒果树开花了要结果。
风如喝醉一般摇摆！
兴奋执拗的杜鹃你慢慢说！

甜蜜季节的爱将在树叶的沙沙笛声中逝去，
如颤抖的芽草般柔美短暂的梦也即将凋落，
一颗无价的轻泪凝聚！
兴奋执拗的杜鹃你慢慢说！

飞鸟离开巢吵闹着问谁来了谁来了？
天边的云如少女的纱丽边儿轻轻拂过，
闪闪发光的面颊上满是欣喜！
兴奋执拗的杜鹃你慢慢说！

爱人啊他在夜半的宁静中悄悄地来，
他的脚步声比我眨眼的瞬息更静默，
爱人啊！那一刻是多么无价！
兴奋执拗的杜鹃你慢慢说！

他化作梦境而来在醒来时离去！
今天我的听众在双眼里端坐；
耳朵也不需要甜蜜托词，

兴奋执拗的杜鹃你慢慢说！

用充满悲悯的波涛填满你的声浪吧，
我不会舍去它为黎明腾出心房，
将他锁住再睁开眼！
兴奋执拗的杜鹃你慢慢说！

（李亚兰　译）

给一条陌生的路

给一条陌生的路让生命独自前行！

暗影如朔日般笼罩，
乌云般的黑眼里下起了细雨；
或许眼将干涸，
瞳孔暗淡眼睑粗糙，
但这里湿润的目光中，
千万道闪电里灯在嬉戏！

或许脚步退缩，
转身返回，一切希冀在痛苦面前臣服！
但痛苦的修行者欢欣地创造
丈量永恒的脚步，
与世界紧密相连，
用黑暗中散发的金色光芒！

也可能是另一个故事，
声音融入虚无，脚印在尘土中丢失无痕；
今天死亡都惊讶于
我每日不停地行走，
带着珍珠的集市和
火花的盛会！

派来微笑的甜蜜使者吧，
或愤怒拧眉的秋天，无论什么，
心都保持坚定无波；

痛苦的池水，梦想的莲花，
要知道那相遇是合一，
离苦中有相伴的人生！

给一条陌生的路让生命独自前行！

（李亚兰　译）

哎，杜鹃鸟儿叫：“哪儿喝”

哎，杜鹃鸟叫：“哪儿喝？”

从这边到那边，你在空旷的天空找寻，
用小小的翅膀把云海丈量。

我的生命是否丈量出，
我的爱人啊他去了何方？

你让我微笑地沉溺在多年渴望的海洋，
请你给喉头一点点清凉！

哪里才有我满足的人生？
生活中只有对你的渴望。

你的雨云停驻片刻便飘摇消散，
我自己既是燃烧又是火焰！

如不若灯一样燃烧，
那么如何保持泪眼盈盈的模样？

歌声中满是无力和失望，
我成为爱人足下的脚铃！

爱人在心里停驻！
追寻的回忆又在哪里安放？

（李亚兰　译）

燃烧的法则飞蛾和灯是否互相懂得

燃烧的法则飞蛾和灯是否互相懂得？

灯芯被包围封闭在
火的界地，
悲伤的飞蛾不停地
扑向灯的焰火！

它将在黎明到来时熄灭而它的痛苦一瞬而过！

它烧焦的翅膀，和它的
一线焚烟遗落，
它不再痴狂而它
也没了炽烫的热。

它们是永恒满足还是后悔了，这世界要如何评说？

爱人啊我永恒的灯
点燃的这人生，
那里有灯的亮光
和飞蛾的苦涩！

一年年静静地燃烧并把燃烧的馈赠获得！

哪里雷波中传来的喧嚣
充满痛苦的气息，
颤抖的狂风

是永远清醒的守卫者！

明亮的清晨和漆黑的暗夜互不懂得！

（李亚兰　译）

爱人啊路上的这痛苦

爱人啊路上的这痛苦我甘之如饴!

如宝石般的那些回忆,
成为人生的宝珍,
烈火的燃烧锻炼,
只让它更加纯净!

灯芯那里只剩下灰烬!

黑夜之树让花凋落,
白日睁开了眼睛。
我在此前的痛苦中,
炼化成现在幸福的糖晶。

神啊,再停留一会儿吧这眼泪仍只是咸涩!

夜送来月光,
遮住我的影,
蓓蕾的花环,
被微尘轻柔的脚步亲吻!

灿烂的星星是我永恒的曾经!

虔诚等待的罗陀[1],

---

1 罗陀:Radha,《薄伽梵往世书》中黑天的恋人。

今日心神不宁。
离苦变为信仰，
相聚分离哪有阻隔有何区分！

失去成为得到失败就是那功成！

（李亚兰　译）

等　待

当月光的鬈发
对沉默的星星说，
睡去吧你那温柔的眼睑
已经疲倦；

当这些花上
洒落第一滴春的甘甜，
太阳照现
莲花满足的双眼！

当灯芯
为光明将生命点燃，
新云们
哭泣在天空的庭院；

明亮的月华里
月光将黑夜照现，
那时起我就在寻找
他走过的路线；

我在花间哭
他在霞光中笑，
我在路上等候，
他在芬芳中飞走；

他说我将在

自己的眼瞳中看见他，
但谁能告诉我
我的眼瞳在哪里能看见？

黑夜在我眼睑上
洒落泪珠点点，
说：“这不眠的星星们啊
为谁一直睁着眼？”

黑暗在他们之上
铺开夜编织成的被，
晨光在他们之上
洒上睡梦的露水！

疾风在他们之上
盘旋夺走呼吸的芬芳，
她在露珠中端坐
那睡梦之国的女王！

逝去多少凋零的秋日
迎来多少甜蜜的春季，
我甜蜜的痛苦
仍无处可见！

眼睛害羞地说
从未有过的那是什么啊？
这捉迷藏的游戏
我们不想再和他玩！

破旧的裙边里

填满梦的幻象，
这疲倦的生命上
铺开遗忘的阴影！

我人生的叫醒者！
记住别再忘了，
将他的梦境
变作我的长眠！

（李亚兰　译）

世　界

当夜晚呼吸的巢
成为睡房，
当美丽断裂的星串
被人偷走。

暗淡的星星沉默的眼中这样哀叹，
用泪水写道：“多么无常的世界！”

当黎明微笑，在金色的
裙裾中洒落点点金光，
当无邪的日光
跳跃在颤抖的波浪上。

蓓蕾悄然举起柔嫩的新叶的面纱，
用水盈盈的眼睛说：“多么甜美的世界！”

向风献出馨香
凋零的花说道：
“我们散落在谁的路上
为何他这眼中充满尘土？”

黄蜂嗡嗡鸣唱：“如今她们还有何甜浆？”
树叶簌簌哽咽：“多么无情的世界！”

当金色太阳，用自己的陨落
描画白日，

当黄昏，在天空的庭院
让无数的灯依次点燃。

彼岸无尽蔓延的黑暗笑它说：
“时光消逝，但这疯狂的世界仍一如往常！”

当用梦中的花
堆叠自己的人生，
我疯狂的生命想着：
“我们的帝国将永不凋谢！”

不知是谁悦耳的琴声从未知的国度传来，
用悲悯的声调唱道：“多么疯狂的世界！”

（李亚兰　译）

赫利文谢·拉耶·伯金

（一九〇七年至二〇〇三年）

印度民族主义诗人，早年积极投身社会政治运动，几次入狱，一些诗作是在狱中写就的。他的诗集主要有《你的花环》《酒馆》《斟酒的姑娘》《酒壶》《夜晚的召唤》《孤独之歌》《彩虹》《幽会的夜晚》《两块石头》等。他的早期诗作以酒为题材，诗集《酒馆》尤为有名；后期也创作一些“实验主义”诗歌。一九六八年，诗集《两块石头》获得印度文学院奖，一九七六年，他获得第三级公民荣誉奖“莲花装”勋章。

梦里是你，醒着也是你

　　梦里是你，醒着也是你，
除了如明月光的你，我不再爱恋其他，
黑夜也不能把你对我隐藏。
　　夜色是你，晨曦是你，
　　梦里是你，醒着也是你。
我讲述着你的故事，
描绘着你，赞美着你，
　　言语是你，四周是你，
　　梦里是你，醒着也是你。
眷注的只有你，
再无其他，
　　心中是你，眼里是你，
　　梦里是你，醒着也是你。
你是窈窕的佳人四处徘徊着，
你是悠扬的拉格曲调四处回响着，
　　眼睛是你，灵魂是你，
　　梦里是你，醒着也是你。

（王靖　译）

酒　馆

（一）

醉汉心中火焰燃，
烧毁那一切宗教经典。
无论清真寺、教堂或神庙，
他一股脑儿都砸烂。
阿訇、神父和婆罗门给他套上的锁链，
他把它们全部扭断。
今天我的酒馆开张，
盛情款待这种醉汉。

（二）

在这里，
从没听人厉声呵斥过：
“哎，别碰我的酒！”
也从没听人勃然怒喝：
“哎，别碰我的酒杯！”
不可接触者和婆罗门，
一同坐下举杯共饮。
多少社会改革家们未竟的事业，
独独在酒馆中完成。

（王靖　译）

拉默塔利·辛格·蒂纳格尔

（一九〇八年至一九七四年）

印度民族主义诗人，出生于印度比哈尔邦。他从学生时代就积极投身印度独立运动。其诗歌创作受到迈提里谢伦·古伯德等民族主义诗人的影响。二十岁时，蒂纳格尔以帕特尔领导的古吉拉特农民抗税运动为背景发表了诗集《胜利的讯息》，之后他的诗歌创作与独立运动紧密相连。他的诗集主要有《土地》《吼声》《勒斯文蒂》《萨默特尼》《蓝色的花朵》《俱卢之野》《驾驶马车者》和《等待持斧罗摩》等。其中从印度大史诗《摩诃婆罗多》中选材改编的长诗《俱卢之野》和《驾驭马车者》享有盛誉。一九五九年，其文化史类著作《印度文化四讲》获得印度文学院奖。他本人在同年被印度政府授予第三级公民荣誉奖“莲花装”勋章。一九七二年，他又凭诗作《广延天女》获得“格杨比特奖”。

俱卢之野（节选）[1]

法王啊，请你坚定地点燃希望的灯火，
大地终将会从战争的恐怖中获得解脱。
人类再不会被仇恨蒙蔽了心智，
生灵再不会相互仇视残杀彼此。
人类不会因为失败而显得渺小，
也不会因为胜利而获得那荣光。
如若爱的牺牲成为人道的准则，
那么大地将因博爱而成为天堂。

（王靖　译）

1　诗人以印度大史诗《摩诃婆罗多》中的战场——俱卢之野为题材，凸显战争与和平的主题，意指当时印度的政治社会问题，以及如何取得独立的问题。诗人在诗中塑造的主人公“法王”坚战是甘地主义非暴力的代表，而另一主要人物毗湿摩则是主战派，认为暴力在某些场合是必要的，非暴力不过是胆怯的外衣，如果不建立公正的社会，是不能解决战争问题的，为了防止战争，就要消除社会上的不平等现象，建立大同社会。这反映出了诗人的人道主义思想，本节诗描述的是毗湿摩在大战之后对坚战王说的话。

向着林中野花出发（节选）

今天我不去那繁星闪烁的天空中寻梦，
今天我不去那皎白月光下的茉莉园中作画，
我也不用唇边的微笑去遮掩那羞愧的脸庞，
今天我要哭泣，诗人啊，为了你不幸的命运，
那烂陀[1]、毗舍离[2]，你早已上百次徜徉，
继续待在这充斥尘埃的喧嚣世界——所谓“天堂”，
不到乡野就不能获得自在清凉。
今天就抛弃这座宫城，
出发吧，诗人！朝着林中野花的方向！

（王靖　译）

1　那烂陀：古印度地名，在古摩揭陀国王舍城附近，位于今印度比哈尔邦首都巴特那东南，此地原建有佛教著名寺院那烂陀寺，是古代东印度佛教最高学府和学术中心。

2　毗舍离：意译作广严城，位于今印度比哈尔邦首都巴特那的北边，是佛教历史上重要的城市，八大圣地之一。

纳加尔琼

（一九一一年至一九九八年）

印度进步主义诗人，被称为“革命诗人”或“人民诗人”，出生于印度比哈尔邦，原名是维德亚纳特·米什拉。他既信仰马克思主义，又是佛教徒，对佛教文献和哲学深有研究，一九三六年，他皈依佛教，并改名为纳加尔琼（Nagarjuna，印度古代佛教学者龙树的名字）。他的诗集主要有《时代潮流》《七色扇女》《渴望而呆滞的眼睛》《池鱼》《檀香女》《我们看到了暴乱》《你说过》《旧鞋合唱队》和《千臂女神》等。他的诗一方面带有浓厚的乡土气息，另一方面又带有强烈的革命激情，对社会底层百姓和处于弱势群体的女性有着深切的同情，表达了他们对自由的向往和强烈的反抗精神。

饥荒过后

闹饥荒时，炉灶在哭泣，石磨也失落叹息
闹饥荒时，畸形丑陋的母狗蜷缩在角落昏睡
闹饥荒时，壁虎在墙上四处寻觅
闹饥荒时，老鼠也个个奄奄一息。

饥荒过后，家中有了粮食
饥荒过后，庭院中炊烟袅袅升起
饥荒过后，家人的眼睛也重焕光彩
饥荒过后，乌鸦梳理着油亮的羽毛，悠闲得意。

（王靖　译）

纯真的微笑

你咧嘴微笑
露出可爱的小牙齿
给死气沉沉的人注入了重生的活力
尽管你脏兮兮的小身体沾满了尘泥……
却犹如莲花
抛弃了池塘
绽放在我的小小茅草屋里
你那犹如金石般的呼吸
能使坚硬冷酷的岩石熔融成水滴
你伸手触碰
夜花茉莉就纷纷落地
那是竹花还是洋槐的花蕊？
你是不是也在好奇
你不认识我吧？
这样目不转睛，一直把我凝视！
你累不累呀？
我将视线移开吧？
虽然我如此不舍
第一次见面，不认识也没关系
如果今天你的妈妈没有邀请我
我就不能看见
你那纯真的微笑
我的生命也就不会获得新的活力
你咧嘴微笑
露出可爱的小牙齿
愿你幸福，也愿你的妈妈幸福！

我是个平凡而卑微的外来客
年已老迈，来自异地！
亲爱的孩子
你跟我这个客人又有什么关系
你的妈妈正在制作蜜波尔格[1]
你朝我这边投过一瞥
当我们四目相对
你那纯真的微笑
让我觉得如此美丽！

（王靖　译）

1　蜜波尔格：原文为Madhuparka，一种印度甜食，用奶酪、酥油、水、蜂蜜和白糖混合制成，常被印度教徒作为祭神的供品。

阿格叶耶

（一九一一年至一九八七年）

印度实验主义诗人，“新诗派”领军人物，他的创作风格具有现代主义倾向，被视为印度印地语文学现代主义的开拓者和奠基人，原名是萨基达南德·希拉南德·瓦德斯亚因，出生于印度北方邦的佛教圣地拘尸那迦。他积极从事反对英国殖民统治的活动，一九三〇年被殖民当局投入监狱，被释放后加入印度进步作家协会。在第二次世界大战期间，他投笔从戎参加盟军，负责宣传动员工作。此后，他离开了军队，主要从事文学创作、编辑和教师工作。他一九六四年凭借诗集《庭院的门槛》获得印度文学院奖，一九七八年因诗集《摆渡几多回》获“格杨比特奖”，一九八七年于新德里去世。

他的诗歌创作分为三个时期：早期作品有诗集《战败的信使》《忧虑》《终结》，表现出明显的阴影主义诗歌特征；中期作品有诗集《青草地上的瞬间》《疯狂的猎人》《被彩虹践踏的》《哦！光辉的怜悯》《庭院的门槛》《摆渡几多回》《因为我知道》《海的容颜》，这是他诗歌创作的高峰时期和黄金时期，完全摆脱了阴影主义诗歌的束缚，逐渐形成了自身独特

的诗歌风格，开始注重表达对内心的探索、对内心力量的认知、自我奉献的意义和愿望以及对自然和社会的内心感受，诗歌中大量使用象征的手法，他的代表作品均创作于该时期；后期作品有诗集《我编织了寂静之网》《大树下面》《河湾上的影子》《你曾见过这样的家》等。

我们的国家

我们的国家
　　就建立在
　　　　这些与现代文明格格不入的
　　　　　　农村的茅屋、草房和竹棚之上

我们生活的情调
　　就流淌在
　　　　这充满锣鼓声、竹笛声的
　　　　　　喧嚣的湖沼当中

然而这种特质却被
　　隐藏在陌生城市中的
　　　　充满欲望和贪婪的毒蛇
　　　　　　一再噬咬

然而我们这些充满朝气的
　　质朴久远的文化却因贫困
　　　　而被现代文明的魔鬼
　　　　　　无情嘲笑

（王靖　译）

与蛇说

蛇！
你蛮横无情，
就算居住在城市
　　　　　　你也是没教养的害人虫。
我问你——（你能回答吗？）
你怎么学会的噬咬——
　　　　　　又从哪里得来的毒药？

（王靖　译）

疯狂的猎人

黎明时分疯狂的猎人
布下了万道光线织就的
洒满红色颗粒的罗网
当他收网之时
世间万物都被捆缚在那网中央：
宛如星群的小鸟
大大小小的鸽子
还有那体形巨大的飞机
展着硕大机翼
犹如展开一对翅膀
在空中翱翔
从那静谧神圣的寺庙高顶
到电报局那正在使用的
又粗又矮
圆滚滚又光秃秃的电线杆子

黄昏时分的吉祥的尘土
连同汽车排出的烟也一样被光网笼罩
公园道路两旁夹竹桃开满花朵
柔软的花瓣也镶上了金边，在尘世中熠熠闪亮
焚烧垃圾的烟囱
在远处骄傲地突兀而立
它喷吐着浓烟，仿佛凭此就可以把猎人打败！
疯狂的猎人啊
你毫不留情，要把一切事物一扫而光
请抹掉躲藏在我心深处的斑斑污迹

你不会不屑一顾吧？
来吧，我打开了所有的心门
请割破我这具残躯的所有血脉
用你那光束的利刃
把这座废墟全部捣毁
然后再建一个崭新的殿堂
请你擦净那所有失意日子留下的污点
请在我的眼圈上涂上油烟墨，让它发亮
这样我就能真切地看到你
请让我全身沐浴在你这金色的光亮——
看着你，感激之情在我内心充盈激荡
疯狂的猎人啊！

（王靖　译）

沙姆谢尔·巴哈杜尔·辛格

（一九一一年至一九九三年）

印度第二代“七星诗人”代表，“新诗派”诗人，坚定的马克思主义者。其诗歌创作主要关注普通人在现代社会中的痛苦生活，风格倾向于平铺直叙，善用短促的词句来描写底层人民的痛苦和贫弱、挣扎与无奈，充满了对社会和时代的抨击与反思，诗歌语言简练，充满力量。

事实会说话

事实会说话
而不是其他。
会揭露出秘密的
就是事实，
它才是真理的嘴巴。
谎言的眼睛
能够看得到什么？
真理的面容
覆上了时间的面纱。
对无畏的人民来说
真理就是给幸福最好的回答，
真理就是给幸福最好的回答。

贫困肆虐的时代
弥漫恐怖和残酷
到处是饥荒的穷人
和失业的工人在受苦
请问
真理
这时候又是什么颜色？

联系着人民的
终归是
痛苦。
多少的旗帜
在风中猎猎飞舞。

贫苦肆虐，状况残酷。
穷人的理智
失业在家的工人的愤怒。
人民以不朽的呐喊
发出同一个声音——
如此虚假的独立自主。

（王靖　译）

盖达尔纳特·阿格尔瓦尔
（一九一一年至二〇〇〇年）

印度进步主义诗人，出生于印度北方邦班达县的农村。他的思想受到马克思主义和人道主义的影响，重视社会现实。他的诗歌主要分为两类：一类是政治性诗歌，诗歌语言追求直言不讳，风格以朴实见长，表现出底层人民的反抗精神和革命斗志；另一类是社会性的诗歌，主要表达对大自然和人类情感的热爱。作为一个进步主义诗人，他既具有饱满的革命激情，也具有浪漫而真挚的情感。他的诗集主要有《时代的恒河》《花不言色》《凤仙花》《嗨，我的你》《打上爱的印记》《盖达尔直言不讳》《我是叶木纳河之水》《空前的》《说着说着不说了》《碎石者》等。

田野美景

蓝天掩映下，
庄稼身着绿油油的衣裙，
如同美丽的姑娘罗陀在大地上翩翩起舞，
农民们沉浸在笑靥和情味之中，
犹如情郎黑天一般也跳起舞。
风挥动手掌打着节拍，
树也在欢快地打着鼓，
鸟儿唱起印历十二月的曲调，
拉格曲调流淌出欢乐的情愫。
我看到这样的景象，
不再有任何其他的奢望——
身心沉醉在这田野上欢乐的舞蹈，
全忘记了归家的路。

（王靖　译）

如灰鸟般的日子

如一只沉默不语的灰鸟
一整天
在楝树枝头
栖息
就连用土块
去打它
它也一动不动。
仍旧站在楝树枝上
不愿飞离
啊！
今天
它是那么地落寞
不顾体面
了无生机。

（王靖　译）

当我看到他

当我
　　看到他
　　如同看到钢铁，
　　这样的钢铁——
　　炽热的钢铁
　　熔化的钢铁
　　浇铸的钢铁。

当我看到他
　　如同看到
　　一颗穿行的子弹！

（王靖　译）

什普纳特・辛格

（一九一六年至一九九一年）

什普纳特・辛格的诗歌受到“阴影主义”诗歌、新诗体及进步主义的三重影响。他认为诗歌在发出时代声响的同时，还需注重个人的内在感受。他的诗集主要有《美丽》《幻想世界》《东方神山》《摩奴时期》《白日世界》《我是工具》《残破的桥》《那儿的痛苦是蓝色的》《在时间的尖塔上》等。

呼　唤

妻子声声唤，夫君啊，你在哪里？
　　这是谁的影子，这是怎样的歌声？
　　这是榕树斑驳的影子，这是印历正月心碎的歌声。
心儿颤抖，发出呼唤，夫君啊，你在哪里？
妻子声声唤，夫君啊，你在哪里？
　　这是谁的尖刺，这是谁的叶子？
　　这是野枣树的尖刺，这是香蕉树的长叶。
心儿疯癫，发出呼唤，夫君啊，你在哪里？
妻子声声唤，夫君啊，你在哪里？
　　这是谁的果实，这是谁的花朵？
　　这是芒果甜美的果实，这是雾冰藜娇艳的花朵。
夫君啊，你在哪里享乐流连？
妻子声声唤，夫君啊，你在哪里？
　　这是谁的眼睛，这是谁的夜晚？
　　这是身受离别之苦的女人黯淡的眼睛，这是朔日阴霾的夜晚。
灯影憧憧，发出呼唤，夫君啊，你在哪里？
妻子声声唤，夫君啊，你在哪里？

（王靖　译）

格迦南纳·马特沃·穆克迪鲍德

（一九一七年至一九六四年）

印度进步主义诗人，印度实验主义诗歌的鼻祖。他自一九三六年开始创作诗歌，早期诗歌受到阴影主义的影响，后期开始创作现实主义诗歌。是“七星诗人”中的优秀代表。他的诗歌主要关注世界的真善美，人类的幸福与苦难。其诗集主要有《月亮生气了》等。

遥远的星星

这颗遥远的星星
飞速运转着，
它在我们
空旷无垠的青黑色夜空中闪烁，
地面上的人们
凝望着它，
观测着它的轨迹，
记录着它的明灭。

尽管它是如此遥远，
但在那孤寂的青黑色虚空中，
它的轨迹仍是我们寻找的答案，
它是望远镜永恒不懈的探寻，
带我们去肉眼所能到达的极致天国。

它的光辉
它的消亡，
我们一点一点，观测着，记录着
一页一页
载满了文献史册。

然而它却走了
宇宙的行路者，
终究是走了
它步入歧途，去了我们再也看不到的处所。

不知为何
它是这么孤独
高速飞转而永不停歇
在宇宙中孤单又落寞，
它的道路虽在浩瀚的宇宙——
它却深深藏在我们每个人的心窝
埋身于每颗心的罪恶之后
就像那虚无的天空，埋身于片片洁白的云朵。

这颗星星
这个无垠宇宙中孤独的孩子，
它脱离了轨道，
它抛弃了前行道路上的助力，
它偏离了自己运行的轨迹。
我们每个人都如这颗星星般孤独。

（王靖　译）

纳雷什 · 梅赫达

（一九二二年至二〇〇〇年）

印度“新诗派”诗人，第二代“七星诗人”中的优秀代表。他认为“新诗”并不是新在诗歌的基本要素上，而是新在时代变迁的需要上，新在人们的多样感受上，新的诗歌应当注重社会中不同阶级、不同人群、不同个人的现实生活要求，瞄准人的心灵深处，注重人类生命的基本要素和对生活信念的感受；新诗应当为个人在时代和社会发展中应享有的平等公正的待遇发声，要在社会上建立全方位的战线，寻求解决社会公正问题和实现人人平等的方法。他的诗歌代表作有《如母牛般的光亮》《仿效》《一种觉悟》等。

仿　效

那一天
为了探寻真理
我派遣意念中的鸟儿
向着太阳飞去
不知它从哪重天空
受了伤折翼而回。

看到它失明了
我说
真理是炽热的。

看到它烧伤了
我说
真理是灼热的。

看到它折回了
我说——
真理是无法达到的。

人们不尊崇那苦修追寻真理的意念之鸟
却把我尊称为仙哲。

（王靖　译）

达摩维尔·巴拉迪

（一九二六年至一九九七年）

印度“新诗派”诗人，出生于印度阿拉哈巴德。他的诗集主要有《黑天情人》《一年七首歌》《冷铁》《外国》等。他的诗剧《盲目时代》颇受好评，被认为是对“新诗”的巨大贡献。他的诗歌善于借用历史典故或神话故事以表达新时代小人物的思想和呼声。

破旧的车轮

我
是一辆战车的破旧车轮
但是，请不要把我扔掉！

说不定什么时候
敌人一整个军团发起进攻
摆出黑压压的圆形车轮阵
我们只身涉险的英雄战士激昂
陷入了敌军的震天咆哮！

这些所向无前的战士们
尽管知道自己一方绝非正义
却仍然向着我们的英雄激昂轮番进攻
激昂威力无穷的武器也被打掉
英雄激昂孤身一人
赤手空拳
怒吼嘶叫
而在那个时候
就在那个时候，我
一个战车的破旧车轮
拿在他的手中
也能成为一个威力无比的武器，把敌人杀得四散奔逃！

我
是一辆战车的破旧车轮
但是，请不要把我扔掉！

历史的进程
有时是那样荒谬
当说谎者掌握了历史前进的方向
说不定什么时候
真理和正义需要我们这些战车的破旧车轮来保护
谁能知道!

（王靖　译）

没有终点的旅人

挥着瘦削的手臂告别
这道田埂，
黑夜中悄悄离开
那些老树和枯藤。

永远到不了终点吧
走在这条荒芜寒酸的
沾满尘土的路程
有一天我会被这段旅程的煎熬吞没吗？

旅行中满满的渴望
深不见底又无以言明
踏上的桥梁古老而沧桑
经过的村镇在昏昏欲睡
他们会不会被惊醒，跟我一起走上旅程？

河流跟着我
蜿蜒曲折
像拉满的弓箭
难道要射穿我孤单的魂灵？

（王靖　译）

我是桥

穿过幽暗的山谷
到达高高的山巅
他终于去了那个地方
那地方一直扎根在他心里面
唉！迈步跨过我的身体
经由我的托举
你终于走进了历史，成了不朽的诗篇。

黑天啊，听我一言！
对你来说，难道我就只是一座桥
横跨在这个地方
看你纵横驰骋
欢喜流连
仰慕你在这里英勇战斗
甘心委身泥涂
助你跨过了不可逾越的时间和空间？

此刻，峡谷如死一般寂静
山峰也已经荒无人烟
我这座桥梁
成了一缕被编织在一起的金丝线
纤弱无力
百无一用
形单影孤

颤抖着，与他分开——只剩这桥梁般的身体空留挂念

他终于去了那一直扎根在他心里的地方。

（王靖　译）

甘陀利[1]的诅咒

儿子的尸骨就横在我的面前
所有这一切都是拜你黑天所赐
这是你下的黑手
你听着！
今天你仔细听着
我甘陀利以苦行者的名义起誓
以我三生三世的功德之力起誓
黑天，你听着！
我要把你诅咒

你本可以制止这场战争的发生
是的，你可以，你能够
如果你愿意
我亲生的儿就不会变成一具骷髅
因为你的默许和怂恿
怖军[2]做了这样有违正法的事情

---

1 甘陀利：印度史诗《摩诃婆罗多》中的人物。《摩诃婆罗多》主要讲述俱卢族的两兄弟持国和般度的后代（持国百子和般度五子）为争夺王位进行的战斗。甘陀利是持国的妻子，持国百子的母亲。在史诗的结尾，当她看到自己的儿子全部死光，她痛苦难耐，认为这一切悲剧都是黑天造成的，因此她诅咒黑天。三十六年后，诅咒应验，黑天的族人发疯内斗，全部死去，黑天也在林中被猎人当作猎物射死。

2 怖军：印度史诗《摩诃婆罗多》中般度王的第二子，般度族大将。在般度族与俱卢族双方爆发的俱卢之野大战中，怖军在黑天的授意下杀死了被命名为“马勇”的大象，并在阵前大喊马勇被杀死了。俱卢族统帅德罗纳视独子马勇为生命，当他听到马勇被杀的喊声，顿时心胆俱裂，万念俱灰，主动放下手中的武器，受诈而死。此后，怖军又在黑天的提示下，违背战争正法，使诈击断俱卢族元帅难敌的大腿，致其死亡。

你为什么不去把怖军诅咒？
你把这个诅咒施给了无辜的“马勇”[1]？
你为什么不对违背了正法的“怖军”施以诅咒？
你滥用了神主至高的权力
默许坐视这有违正道的争斗
如果我苦尽一生的虔敬具有力量
我对正法的坚守和虔敬苦修具有力量
那么，黑天，你听着！
我要把你诅咒

不管你是什么神
坐在多么高的神位
你世族中所有的族人
都会像疯狗
相互之间撕咬打斗
而你，会在他们全都死后
某一天
在茂密的森林中
死于普普通通的猎人之手
虽然你是神主
却会像猎物一样死去！

（王靖　译）

1　马勇：印度史诗《摩诃婆罗多》中俱卢族统帅德罗纳的独子，俱卢族大将。在俱卢之野大战后期，俱卢族元帅难敌负伤牺牲，马勇被任命为帅。为报仇雪恨，马勇等人夜袭般度族大营，杀死了除般度五子、黑公主和黑天之外的所有般度族将士。黑天随后诅咒马勇，让他永生永世身受痛苦折磨而不死。

萨维什瓦尔·德亚尔·萨格塞纳
（一九二七年至一九八三年）

印度“新诗派”诗人，出生于印度北方邦巴斯提县。他的诗集主要有《木铎》《竹桥》《空船》《热风》《瓜诺河》《森林的痛》《挂在钉子上的人们》。一九八三年，他因《挂在钉子上的人们》获得印度文学院奖。他的诗歌注重表达人的自我意识的觉醒和对社会虚假现象的辛辣讽刺。

萨维什瓦尔·德亚尔·萨格塞纳

枯叶的呐喊

汽车风一样疾驰而过
片片落叶在车后翻滚飘荡
卷起道路上漫漫浮尘
引起了喧嚣

已无生命的叶子
骄傲地喊道：
“谁说我们离开树就百无一用，
我们能盘旋，能疾驰，
我们是有生命的灵魂，
亦能进步，雄心长存，
快停下，停下，快带我们一起前进。”

然而叶子啊
可曾有人告诉你：
进步，从不是在别人掀起的风里飞舞
进步的生命
从不依附于他人！

（王靖　译）

无　奈

沉沉的黑夜，
河水阔如无边。
我们沉浸于彼此深深的爱念，
缱绻在默默无语的河岸。

远处传来的笛声，
那样绵长悠远。
鸟儿扑棱棱飞过，
翅膀在风雨中凌乱。

河岸上的树，
紧紧收起了枝叶。
铅灰色的大地，
在暗夜中缩成一团。
丝丝的光亮悄悄隐去，
藏进黑夜深深的暗。

轻颤的嘴唇，
迸出破碎的语言，
又在风中消散。
两双眼睛含情相望、迷乱，
湿润了彼此，
又一滴滴在风中枯干。
生命的无奈，
怎能说得完全？

（王靖　译）

贡瓦尔·纳拉扬

（一九二七年至二〇一七年）

印度“新诗派”诗人，出生于印度北方邦法扎巴德。他硕士毕业后赴欧亚各国广泛游历，二十世纪五十年代在波兰、捷克斯洛伐克、中国和苏联的游访经历，以及其间与纳奇姆·希克梅特、巴勃罗·聂鲁达等诗人的会面，影响了他早期文学观念的形成。他的诗集主要有《环形阵》《周遭：我们与你们》《自我面前》《无他》《这些日子》《边缘目击者》等。他凭借《无他》于一九九五年获得印度文学院奖，于二〇〇五年获得“格杨比特奖”。他的诗歌用朴素的语言和平等主义的技法表现出普通人物强烈的共鸣、多彩的生活和深邃的思想。

屋内的阳光

风和门吵了起来，
墙在偷听。
阳光坐在一把椅子上，
用光线编织着毛衫，
一声不吭。
吵着吵着发火更凶，
突然“啪”的一声，
风打了门一记耳光！
窗户吼叫起来，
报纸也立身观望，
水瓶在地板上摔得粉碎，
书本看起来也是怒气横生，
钢笔松开了紧握着桌子的手。

阳光站起身，
离开了屋子，
仍然不发一声。

黄昏时分回来看见，
骚乱之后的屋子又恢复了安宁。
打个哈欠，上床躺下，
信马由缰想些事情，
不知不觉间沉沉睡去，
再睁开眼又是一个新的黎明。

（王靖　译）

观看一位中国诗人朋友素描画作有感

这是一位中国的诗人朋友
画的
我的一幅素描像。

我浑然不觉
他何时把我勾画了出来。

那时我正在倾听着什么
那时我正在凝视着什么
那时我正在思量着什么。

就在那一刻
毫无察觉的我走入了他的画纸
被他凝视，被他倾听，被他思量。

素描画上的线条是多么有趣的游戏
他在纸上的世界玩得乐此不疲。

一旦填涂上梦想的颜色
图画立刻就有了不一样的生机
像一位无名的旅人
艰难跋涉留下的崎岖不平的印迹。

也许此刻
我正在“丝绸之路”上游荡
这条路，把各个国家联结在一起。

（王靖　译）

日子就这样过去

世界上有这么多的
争吵和叹息

但内心却仍会
沉浸于些许的爱意

而日子就这样一天天过去……

（王靖　译）

诗歌的必要

诗歌能赋予我们很多
因为在我们的人生中
诗歌可以化为一切东西

如果我们给它留下位置
就如同绿树给红花留下位置
就如同夜幕给星星留下位置

它能架起我们得到救赎的桥梁
在我们内心深处
总会有这样一个角落
那里存有无垠的天空和大地
那里存在一段介于人和神之间的距离
哪怕只是一隅

只要你想，你就可以
充满诗意地去爱
你的人生就浸满诗意

（王靖　译）

盖达尔纳特·辛格

（一九三四年至二〇一八年）

印度“新诗派”诗人，出生于印度北方邦巴利亚县的一个小村子。他于一九五二年开始文学创作，诗集主要有《现在，就现在》《土地在成熟》《旱灾中的苍鹭》《后格比尔及其他诗歌》《虎》等。一九八九年凭借《旱灾中的苍鹭》获得印度文学院奖。他的诗已被译为西班牙语、荷兰语、德语、俄语和匈牙利语等多国语言出版。他的诗歌表现了印度人的生活节奏，反映了印度哲学的特色，诗歌中多带有现代主义和后现代主义的痕迹，表现了世界事物的多样性、多面性和善变性。

自　由

既然看不到自由的出路
我就坐下来写作
你们可能听到我的鼓与呼
让我先写“树”
尽管藤蔓会把我缠住
或者是水
或者是人
少女鲜活的脸庞
孩子灵动的手足
我会全力以赴

我想把语言丢到人群中
尽管我知道这对他们没什么影响
我想把语言抛洒到拥挤的街道
让那里响起隆隆的爆炸声
来自语言与人的冲突
是的
我想写作
尽管它毫无用处

（王靖　译）

苏达玛·庞德·杜米尔

（一九三六年至一九七五年）

印度著名现代主义诗人，出生于印度北方邦瓦拉纳西附近的一个村庄。他的诗集主要有《从议会到街头》《明天我要听》。从思想上看，杜米尔倾向于左派，他自己也公开宣称自己是左派而向虚伪的民主发起进攻。他对印度议会中的腐败和政治交易已经看透，对议会政治完全失去信心，认为“破除迷惑”是诗歌的主要作用之一。他的诗歌描述了二十世纪六十年代之后印度人民的真实生活感受，既表现生活中的不和谐也表现生活中的美，采用平铺直叙的手法来真实而清晰地反映现实，表现了对剥削者的憎恶和愤怒，对现实社会的不接受和冷漠、紧张、焦虑的情绪，以及对资本主义制度的抨击。他的诗歌态度鲜明，对资本主义社会进行了有力的抨击，其诗歌语言社会化，艺术风格新颖突出。他的诗歌被印度文论家评价为“像一颗彗星，带着火，又带着烟。那烟是现代主义的特质，那火是进步的觉醒。看到杜米尔的能量、激情、攻击力和语言的清新，一端与现代主义相连接，另一端又与无政府主义相连接”。

鞋匠（节选）

鞋匠兰毕抬眼
对我细细打量
之后
用笃定的声音
他笑着讲：
先生啊
在我看来，万般事情都是一样
卑微又如何
伟大又怎样
对我来说，每个人都是一双鞋
在我面前站着
等着被修补，恢复原样

这就是事实
无论他是谁
卑微或堂皇，又来自何方
看看他的鞋子
总能略知端详
但我却不能掉以轻心，莽莽撞撞
每双鞋子都带着主人的风尘和声响
需要借着我的手
熟稔地缝补
修去鞋子上满目的疮痍
缝合主人心上的哀伤

形形色色的鞋子来到我的面前

用它们各自的破败
默默地描述它们主人的模样

比如，曾有双破烂的鞋子
与其说这是双鞋
不如说是两个破麻兜更恰当
那双鞋上的脸
得了天花后留下的麻点密布闪亮
展露热切的笑意
如同掉落在电线杆上的风筝
那笑声咯咯作响

“先生，这鞋实在不值得修补
为什么要把钱浪费在无用的地方”
我想对他这么说
但是声音磕磕巴巴，哽在喉头
无法言讲
一个声音在心里呵斥：
这种想法不可原谅
你怎能嫌弃他的鞋子
穷苦之人，你和他有什么两样？
你不应使他的尊严蒙尘
把鞋修好，修复他的创伤
每个人的生命里都要有光
我低下头
认真地劳作，用心缝补他的希望

（王靖　译）

苏达玛·庞德·杜米尔

诗人1970

此刻，耳朵没在听那些诗篇
而是肚子在听那些诗篇
人们不再唱那些情歌
而是情歌把人唱遍

此刻，诗歌需要
成为人们的食粮
诗人呕心沥血
任由血的气味从口中传出
四处弥散

为了拯救自己
除了跟自己作对
还能怎么办？
我来问问您

（王靖　译）

阿肖格・瓦杰帕伊

（一九四一年至今）

印度现代主义诗人、散文家、文学评论家，出生于印度中央邦的城市杜尔格。他的诗歌创作颇丰，出版了超过二十三本关于诗歌、文艺批评的书籍，并于一九九四年凭借诗歌集《别处再无》获得印度文学院奖。他的诗集主要包括：《到如今城市仍是幻想》《无边天空的风筝》《如果就这样》《大梵》《别处再无》《再度孤单》《丁点儿地方》《隐没在野草中的天空》《并非如此》《还有别的》《时间旁边的时间》《某扇门》《痛苦的邮差》《心愿》《缝缝补补》《在这个没有星辰的时刻》《至少》《输赢》。

他 们

他们拿来了一只笼子
里面漆黑一片
然后你被扔了进去
飞不走了。
他们会许诺给你自由的天空，
他们会一遍遍向你描绘
那片无边无际的湛蓝
然而他们只会拿来一只笼子——
然后他们会慢慢向你解释
在飞去自由的天空之前
必须得先在笼子里反复练习。
然后他们会描述天空有多么危险，
他们会说事实上真正自由的天空并不存在，
天空终究也不过是个大大的笼子。
然后他们会打开笼子
将你放飞
然后天空
也会是漆黑一片。

（王靖　译）

伯金·辛格

（一九四二年至今）

印度现代主义的代表诗人，文学评论家。其早期诗歌主要受到印度阴影主义诗歌的影响，充满了浪漫主义色彩，后受到现代主义的影响开始创作新诗。他主张诗歌应当“破除迷惑”。他认为当时印度社会的所谓民主在不谐调的情况下正日益堕落，由于资本主义和民主的阴谋勾结，人们仅存的希望也被削弱。随着时间的推移，阶级差别、种姓歧视和裙带关系正在社会上流行，使得整个民族走向堕落。他对当时的政治、经济和社会现实极度不满，将矛头直指社会的黑暗和不公，希望利用诗歌进行更深一步的探索，以寻求社会发展和进步的途径。其主要诗歌集有《回响》《到那个时候》。

妈　妈

热热的浪
流过妈妈心中
她轻轻地叹息
安静的皱纹里藏着
拂晓的梦

犹如残灯
摇曳暗明
雾冰藜果
挂在枝头随风晃动

看到枯树上嫩芽初生
妈妈露出了笑容
她双手合十
驻足于炎炎的烈日
心中欣慰高兴

（王靖　译）

雨

拉姆德赫尔和阿尔古・特纳格瑟尔[1]
灰头土脸，眼窝深陷
坐在门廊，拍打着脑袋
又下雨了
这讨厌的鬼天

在租地自建的陋屋
两人从清晨一直等到傍晚
这老屋，年久失修
墙壁上裂缝蔓延
屋顶眼看就要塌陷
无法再将就一天
就像祖先的骨架，颤巍巍地架在头顶上边
大梁已经卸下
需要刷上灰浆，涂涂抹抹
陈旧的房屋期待展露新颜

暴雨却突如其来
从黎明就一直盘踞
雨水浇熄了炉火
屋角满布沉默与黑暗
梦想终究没有开花结果
雷声轰鸣，乌云密布
涂抹的墙泥在夜色中渐渐暗淡

（王靖　译）

1　拉姆德赫尔和阿尔古・特纳格瑟尔：两个普通印度农民的名字。

拉杰什 · 乔希

（一九四六年至今）

印度“新进步主义”的代表诗人。他的诗集主要有《某天树要说》《土地的面容》《幕后的笑声》《月亮的元音》《两行之间》。二〇〇二年，他的代表作诗集《两行之间》获得印度文学院奖。他的诗歌已被译为英、德、俄等多国语言。他主要关注印度社会底层人民的生活，将不可接触者和儿童等印度社会弱势群体的生活情状写入诗歌之中。他尤其关注印度社会的一大顽疾，即儿童失学和童工问题。此外，他的诗歌创作还关注国内外发生的重大事件，如苏联解体、世界走向单极化、发达国家以全球化的形式进攻落后国家的市场等。他反对现代早期进步主义诗人的单一思维模式和诗歌创作模式，主张通过现实主义和想象的结合创作出各种形式的新颖诗歌。

景象与影像

看啊
多么漂亮崭新的轿车
骄傲地开到了影院前的广场
它的车身熠熠生辉
大灯闪闪发亮
那个残疾的孩子在灯光里左右张皇

车子缓缓滑行
而那个孩子
茫然四顾，跌跌撞撞
笼罩在明亮的灯影里
不知该躲往哪个方向

司机先生洋洋笑着，极目四望
围观的人们讪讪嬉笑
夹杂着怜悯和恐惶
那莫名的笑意映在孩子脸上

在时光的影像中
我们看到了多少幕这样的景象！

（王靖　译）

拉杰什·乔希

一双鞋

这双鞋
只是画家的笔迹
它由油烟墨和木炭描就
懒懒地待在德维拉尔·巴蒂达尔先生的绘画本里
没有载过旅人归来
也看不出要去走遍天下的心意
不曾熏染过脚的汗渍
不沾纤尘，不染点泥
它不曾体会过承载旅人的匆忙
没有一点点对寻获主人的期许
也找不到一丝丝商标价签的痕迹

谎言穿不上这双鞋，因为谎言没有躯体
真理穿不上这双鞋，因为这双鞋并不真实
它飘浮游荡在我们虚构的想象里
远离真理和谎言
这两者对它都毫无意义

无法说出
它产生于何时，存在于何地
它能被安放在无尽的天空
也能冲破时间的禁锢
一直散发簇新的气息

这双鞋
静默着，悄无声息

但它的心中，一定存着对旅行的梦想
在某一天动身，毫不迟疑！！

（王靖　译）

译后记

文学翻译，尤其诗歌翻译是一项非常困难的工作。我看过这样一句话，大意是说，“因为翻译者自身的局限性，每每都是在追仿功力远远高于自己的人，是被人拖着拽着要翻山越岭，上九天揽月”。这次第，怎是一个难字了得。然而，翻译工作又实在是非常重要，通过文学翻译可以向人们打开了解外国文化的一扇窗户。

我开始翻译印度诗歌是在二〇一一年岁末至二〇一二年年初，跟随我的恩师姜景奎教授，与同门兄弟姐妹一起开始翻译十五至十六世纪印度虔诚诗歌经典《苏尔诗海》。在翻译过程中，我们遇到了方言、体例、译名、韵律、内容、哲思等重重困难，尤其印度特有的宗教文化、诗歌意象和民族审美，与我国迥然不同，如何在中国读者能够接受和理解的形式中既准确地体现出印度虔诚诗歌的文献内容和思想内涵，又在汉译的同时兼具深入而系统的研究性质，向读者客观展现有关诗歌字词及行文中的一些背景知识，例如神话传说故事、民间信仰、生活习俗、哲学思想等，这一系列的问题扑面而来。恩师带领我们不断摸索，历时四年，终于完成了汉译《苏尔诗海》三卷本的工作。在此过程中，恩师以一种全新的视角，探索出了一条有关印度经典汉译与研究的新路径，希望在中国读者能够接受和理解的范围内，展现印度特有的诗歌意象、传统文化和审美情趣。恩师的见识、智慧与不懈努力不断感染和鼓舞着我，让我逐渐对印度诗歌的汉译工作产生了浓厚兴趣。感激恩师一直以来对我的悉心指导，言传身教，不仅将我引上了文学翻译与研究之路，让我在学术生涯的早期阶段就能够深度接触到印度诗歌的翻译与研究，更教会了我为人为学的道理。若不是十年前受到恩师的提携和指导，参与他主持的教育部人文社科重点研究基地重大项目《〈苏尔诗海〉翻译与研究》，我不会有机会接触到诗歌翻译与研究的领域，更不会有机会欣然接受本书的选译任务；若不是恩师的言传身

教，我不会懂得严谨治学、甘坐冷板凳的可贵与不易。师恩难忘，我会带着恩师的教导，在文学翻译与研究的道路上继续前行。同时，也感谢这一路上兄弟姐妹们的陪伴与支持！

另外，我也非常感谢“‘一带一路’沿线国家经典诗歌文库”的编委会、北京大学外国语学院及作家出版社的领导和老师们，将编译《印度现代诗选》的任务交给我，让我能有这样一个宝贵的机会与印度诗歌再次相遇相知。感谢我们的党和国家，能够让我们在肆虐全球的疫情中得以安居，能够让我摆脱恐慌，在居家译诗中获得心灵的宁静与归守。在一遍一遍的文稿修改和一字一句的反复推敲中，我并没有“两句三年得，一吟双泪流”的辛酸，反而在品读和翻译印度现代诗歌中获得了安宁与生趣。

谢谢我的师姐，任教于北京外国语大学的李亚兰博士，正是她的加入和支持，让我能够勇于承担此次编译工作。师姐是目前国内研究印度“阴影主义”诗歌的专家。“阴影主义”诗歌是印度现代诗歌中最难理解的，其所表达的情感亦是“虚无缥缈”，然其艺术成就却是最高的。选译“阴影主义”诗歌是本书无法回避的重头戏之一，幸得师姐的加盟，本书才得以完成。感谢师姐的分担！还要感谢我的师弟，任教于北京大学的贾岩博士，他曾专程面访了印度现代著名诗人贡瓦尔·纳拉扬，并获得了诗人的翻译授权，师弟将贡瓦尔·纳拉扬的几首代表诗作推荐给我进行翻译，使我得以窥见现代印度诗人与中国学者和中国文化之间的互动，在此感谢师弟的慷慨推荐和无私帮助！

我要感谢所有在印度诗歌研究和翻译方面为我们这些后生铺就道路的前辈学者们，以及对本书选篇和翻译工作进行指导和帮助的印度学者拉盖什·沃茨教授、印度语言专家魏汉博士以及河北师范大学文学院教授王春景师姐。感谢帮我查阅并译出所需文学史背景资料的北京大学外国语学院南亚学系研究生魏凡鸣、杨天琦、王子元、何杨同学。感谢北京大学吴杰伟教授、刘迪南副教授和作家出版社编辑老师的督促、鼓励和大力支持，才使本书得以付梓。

由于印度语言文学的多样性和复杂性，以及本人目前学识、能力与精力所限，本书所收录的诗歌，在数目和选篇方面，没有完全涵盖现代印度各地方言及各个时期的诗歌经典，书中有所漏选或不足之处，还望读者海涵。希望各位方家多予指正，也希望有更多的学者同行能够加入到印度诗歌的译介中来，一起打开印度文化之窗。尽管翻译工作的个中辛酸滋味，

不足为外人道也，但经过我们的努力，读者朋友若能从这些“在别处”的诗歌中汲取些许诗意、些许慰藉、些许力量，获得“我亦是行人”的同在感，便已足够。正如印度诗人贡瓦尔·纳拉扬在《诗歌的必要》中所说：“诗歌能赋予我们很多 / 因为在我们的人生中 / 诗歌可以化为一切东西”“只要你想 / 你就可以 / 充满诗意地去爱 / 你的人生就浸满诗意！”

王　靖

二〇二一年六月三十日于燕园

总 跋

经过两年多时间的筹备与组织，“‘一带一路’沿线国家经典诗歌文库”终于陆续付梓出版，此刻的心情复杂而忐忑，既有对即将拨云见日的满满期待，更有即将面见读者的惴惴不安。

该项目于二〇一五年下半年开始酝酿，其中亦有不少波折和犹疑。接触这个项目的所有人都无一例外地认为，这是应该做而且只有北大才能做的事情，也无一例外地深知它的难度。

“一带一路”跨度大、范围广，多语言、多民族、多宗教、多文明交融，具有鲜明的文化多样性特征。整个沿线共有六十余个国家，计有七十八种官方或通用语言，合并相同语言后仍有五十三种语言，分属九大语系。古丝绸之路尽管开始于政治军事，繁荣于商旅交通，但其更重要的意义在于促进了人类文明的交往。它连接了中国、印度、波斯和罗马等文明古国，跨越埃及文明、巴比伦文明、印度文明、中华文明的发祥地，是东西方文明交流互鉴的重要通道。

如何更好地展现“一带一路”沿线人民的文化特质和精神财富，诗歌无疑是最好的窗口。诗歌是文学王冠上的明珠，精敛文学之魂魄，而经典诗歌则凝聚着各个国家民族的文化精神和文化理想，深刻反映沿线国家独有的价值观和对世界的认识。长期以来，中国学界和出版界一直比较重视欧美发达国家诗歌的译介与研究，对发展中国家尤其是一些弱小国家的诗歌研究存在着严重忽略的现象。我们希望通过对“一带一路”沿线国家经典诗歌的研究，深刻地了解一个国家，理解它的人民，与之建立互信，促进国内学界对“一带一路”沿线国家文学、文化和文明的了解，弥补我国诗歌文化中的短板，并为中国诗歌走向世界提供思路和借鉴，从而带动与“一带一路”沿线国家的深层次交流，为中国的对外交往和“一带一路”倡议的实施提供人文支撑。

北京大学外国语学院组织国内外相关领域的专家学者，于二〇一六年一月，正式启动“‘一带一路’沿线国家经典诗歌文库”项目。该项目以北京大学人文学科的优良传统和北大外语学科的深厚积淀为基础，以研究和阐释“一带一路”沿线国家厚重的历史、文化内涵为己任，充分发挥本学科在文学、文化研究领域的传统优势和引领作用，积极配合和支持国家的“一带一路”倡议，为中外优秀文化的研究、互鉴和传播做出本学科应有的贡献。

北京大学外国语学院牵头组织的“‘一带一路’沿线国家经典诗歌文库”项目，旨在翻译、收集、整理和编辑“一带一路”沿线六十余个国家的诗歌经典作品，所选诗歌范围既包括经典的作家作品，也包括由作家整理的、具有广泛影响力的史诗、民间诗歌等；既包括用对象国官方语言创作的诗歌，也包括用各种民族语言创作、广泛传播的诗歌作品。每部诗集包括诗歌发展概况、诗歌译作、作者简介等三个部分。

在此基础上，形成由五十本编译诗集构成的“‘一带一路’沿线国家经典诗歌文库”第一批成果，这将弥补中国外国文学界在外国诗歌翻译与研究方面的不足，特别是对部分“一带一路”沿线国家的经典诗歌开展填补空白式的翻译与原创性研究工作具有重大意义，同时对沿线诸多历史较短的新建国家的文学史书写将具有十分重要的价值。

该项目自启动以来，先后成立了编委会和秘书组，确定项目实施方案、编译专家遴选以及编选的诗歌经典目录，并被确定为北京大学一百二十周年校庆的重要出版项目之一，得到学校、校友及社会各界的大力支持，建立起以北京大学外国语学院为核心，汇集国内外相关领域知名专家学者、翻译家的翻译、编辑团队，形成了一个具有高度共识和研究能力的学术共同体。

在这个共同体中的每个人都是幸福的，与诗为伴，以理想会友，没有功利，只有情怀。没有人问过我们为什么要做，每个人只关心怎样可以做得更好。无论是一无所有之时还是期待拿到国家出版基金支持之日，我们的翻译团队从没有过犹豫和迟疑，仿佛有没有经费支持只是我一个人需要关心的事情，而他们是信任我的。面对他们，我没有退路，唯有比他们更加勇往直前。好在我一直是被上苍眷顾和佑护的人，只要不为一己之利，就总能无往不胜。序言中，赵振江教授说了很多感谢的话，都代表我的心声，在此不再重复。我想说的是，感谢你们所有人，让我此生此世遇见你

们。如果可以，我还想在此感谢我的挚爱亲人，从没有机会把“谢谢”说出口，却是你们成就了今天的我。

希望通过我们台前幕后每一个人的努力，把“‘一带一路’沿线国家经典诗歌文库”项目打造成沿线国家共同参与的地域性的文化精品工程，使“文库”成为让古老文明在当代世界文化中重新焕发光彩、发挥积极作用的纽带和桥梁。

人也许渺小，但诗与精神永恒。

宁　琦

写于二〇一八年“文库”付梓前夜

北京

图书在版编目（CIP）数据

印度现代诗选 / 王靖，李亚兰编译 .—北京：作家出版社，2022.4
（“一带一路”沿线国家经典诗歌文库 . 第一辑）
ISBN 978-7-5212-1779-7

Ⅰ. ①印…　Ⅱ. ①王… ②李…　Ⅲ. ①诗集—印度—现代
Ⅳ. ① I351.25

中国版本图书馆 CIP 数据核字（2021）第 275718 号

印度现代诗选

编 译 者：王　靖　李亚兰
选题策划：丹曾文化
特约编审：懿　翎
责任编辑：方　烝
装帧设计：曹全弘
出版发行：作家出版社有限公司
社　　址：北京农展馆南里 10 号　　　**邮　　编：**100125
电话传真：86-10-65067186（发行中心及邮购部）
86-10-65004079（总编室）
E-mail:zuojia @ zuojia.net.cn
http://www.zuojiachubanshe.com
印　　刷：河北鹏润印刷有限公司
成品尺寸：160 × 240
字　　数：261 千
印　　张：12.5
版　　次：2022 年 4 月第 1 版
印　　次：2022 年 4 月第 1 次印刷
ISBN　978-7-5212-1779-7
定　　价：53.00 元
